ALACRANA

RICARDO LAMPUGNANI

ÀRBORA
books

Título: Alacrana.
Compaginación y edición: Àrbora Books.
Diseño de portada:

CONTENIDO

RICARDO LAMPUGNANI

I

Pueden llamarlo intuición o sexto sentido, pero cuando escuché el frenazo supe que no se debía a las obras en el boulevard. Ya hacía una semana que estaban trabajando en el cambio de unas columnas de alumbrado y algunos postes de electricidad. Una enorme grúa ocupaba media calzada y obligaba a desviar el tránsito. Dependiendo de dónde estuviese se formaban grandes atascos de coches que iban o venían por el Magnolia boulevard. Para mí y mi negocio era bueno. Los autos estaban obligados a pasar muy lento frente al local y eso era publicidad gratis.
Mi nombre es Chío Malpigia, soy mexicano y vivo en Los Ángeles, California.
Había inaugurado mi *garden center* un año atrás, después de trabajar casi diez como jardinero y florista. Yo tenía mis dudas respecto a cómo iría el proyecto y había invertido todos mis ahorros en adecentar el terreno, montar invernaderos y decorar por rincones. El de los cactus y suculentas había quedado precioso. Si entornabas los ojos podías sentirte como disfrutando de un atardecer en el desierto de Sonora: Un fondo naranja sobre el que recortaban sus siluetas los enormes saguaros, yuccas y cactus barriles y, en primer plano, todas las suculentas que se pudiesen desear. Los clientes se detenían allí y era raro que no se llevasen alguna. Debían pensar que con el

tiempo tendrían un jardín de cactus igual.

Estaba muy alegre aquel día. Los sinsabores parecían haber quedado atrás y yo me sentía recuperado del todo. Desde la reapertura, luego de mi «accidente», la clientela no había cesado de aumentar, algunos me manifestaban que eran de la zona y estaban orgullosos de tener un centro de jardinería tan bonito en el vecindario. Algún otro me reconoció por mis micros de jardinería en la televisión y me felicitó. Eso era bueno porque significaba que el esfuerzo había valido la pena. Estuve tentado a preguntar en qué programa me habían visto, pero decidí que era mejor sonreír, agradecer y no cargarme con amarguras que había decidido dejar atrás. El flamante letrero en el que se ofrecía nuestro nuevo servicio de mantenimiento y diseño de espacios verdes comenzaba a dar sus frutos. Mientras cobraba varias enredaderas y un cítrico a una pareja joven acompañada por un niño, observé con el rabillo del ojo cómo un carro oscuro se subía a la acera e ingresaba al negocio un par de metros a través del portón de acceso. Se me dispararon las alarmas. Con seguridad era el protagonista de la frenada que había escuchado unos segundos antes. Me resultó extraño que un cliente hiciese eso. En la entrada había un cartel que ponía bien claro que no estaba permitido aparcar en el interior salvo para carga y descarga. Si eran ladrones debía vaciar rápidamente la registradora y esconder el efectivo. La operación no resultaba sencilla si quería que pasase desapercibida. La muchacha a la que estaba atendiendo quería asesoramiento sobre dónde ubicar cada planta, incluso se había confeccionado un plano del jardín con las orientaciones. No había manera de deshacerse de la pareja siendo educado y, además, tener tiempo para esconder el dinero. En realidad el vecindario no era peligroso: una urbanización no muy antigua con casas rodeadas de terreno, ubicado a unas calles de un pequeño centro comercial. Para los amigos de lo ajeno era mucho más sencillo robar en los comercios que estaban juntos y utilizar el boulevard para huir, pero con las obras, si tenían un par de neuronas elegirían otro sitio para atracar. Lo llamativo era que no descendía nadie del vehículo. A la distancia se distinguía un ocupante que parecía estar hablando o discutiendo con alguien. «Los ladrones no actúan así. Entran, dan el golpe y huyen», pensé para tranquilizarme.

—Es que mi esposa lo sigue cada semana por televisión —dijo el hombre seguramente para captar mi atención. En ese instante me di cuenta que mi cabeza estaba más en el coche oscuro que en mis clientes.

—Disculpen, no he querido ser grosero. Solo que aquel coche oscuro que ha entrado me resulta un poco sospechoso y me he despistado —dije a modo de explicación.

—Sí, yo también lo vi —comentó el muchacho— pero es un Nissan Altima y ni siquiera es modelo nuevo. Para ladrones demasiado lujo y para robarlo, demasiado común. Tampoco es de la policía, no usamos esa marca —agregó llevándose la mano a la espalda y tanteando algo por debajo de la chaqueta.

—No se preocupe, soy policía de Los Ángeles. Mientras esté aquí no va a pasar nada.

A continuación, extrajo un teléfono del bolsillo e hizo una foto a la matrícula del coche. Se apartó un par de metros y envió un mensaje de voz.

El hecho de que fuese policía de Los Ángeles tampoco era muy tranquilizador para mí, dada las experiencias que había tenido.

—En seguida sabremos de qué se trata —comentó con orgullo.

—Es lo malo de estar casada con un policía —dijo la chica meneando la cabeza—. El trabajo es veinticuatro horas al día y trescientos sesenta días al año.

—En este caso yo agradecido como encontrar un oasis en el desierto. Me comenzaba a preocupar no solo por mí sino por ustedes… —dejé caer más relajado, pero debo confesar que también agregué un cierto toque cinematográfico.

–Yo lo sigo tanto en *«Periodical News»* como en *«Open Doors»*. Tiene usted una gran facilidad para explicar los secretos de la jardinería de manera sencilla, –me dijo acercándome el plano del jardín. Yo intenté concentrarme en las orientaciones sin perder de vista el coche. La ampelopsis que habían comprado crecía mejor contra una pared con algo de sombra en verano y los jazmines agradecían el pleno sol, salvo el plumbago que ama el sol de la mañana o la semisombra.

–¿Dónde está ubicada la casa? –pregunté para situarme justo en el momento en que se abría la puerta del Altima. También en el mismo instante el joven policía recibió un mensaje en su celular.

–¡No hay problema! –exclamó–. El vehículo es de un director de cine retirado y no hay denuncia de robo. Puedes estar tranquilo, no son ladrones.

Yo observé la silueta femenina que se apeaba y en lugar de tranquilizarme, me puse más nervioso. Llevaba una falda negra muy ajustada y un chaleco haciendo juego. Las gafas de sol eran muy grandes y le ocultaban parte de la cara. Vista a la distancia parecía una mujer joven de curvas voluptuosas, pero yo sabía muy bien quién era y que me traería problemas.

Hice uso de mi mejor sangre fría para indicarle a la joven dónde colocar cada planta, agradecí al policía la molestia que se había tomado y a la chica el seguirme en mis micros televisivos. Les cobré y rogué a diosito el poder deshacerme de aquella mujer que ya llegaba al mostrador antes que otros clientes dieran por finalizada su compra.

–Parece que te va bien, Chío –dijo quitándose las gafas. La escena me resultó familiar, ¿Cruella de Vil en «101 Dálmatas»?

Así, a plena luz del día y aún bajo la capa de maquillaje, se notaba que había pasado el medio siglo de edad al menos una década atrás. –El bótox, los estiramientos y las cremas antiarrugas ayudan muchísimo, pero no hacen milagros. –me dije por lo bajo. Y Patrizia Bargas podía engañar de lejos o aparentar frente a una cámara.

–No me va mal –contesté mientras pensaba: «no será gracias a ti».

–Y supongo que los del *Periodical* te han de estar pagando bien…

No contesté y miré hacia otro lado.

–Aunque al menos podrías haberme llamado antes de llegar a esos extremos. En esta vida todo es negociable.

–Ya nos cayó el chahuistle…[1] –murmuré entre dientes.

–¿Cómo dices?

–Solo hablaba para mí mismo.

–Si es una gracia, compártela, así nos reímos los dos.

Aquel tono de menosprecio me era conocido. Los chicos del estudio de filmación solían decir: «ya se ha despertado la víbora», porque cuando comenzaba a ponerse agresiva seseaba y se le achinaban los ojos como a una serpiente. Estuve a punto de preguntarle qué era lo que quería en mi negocio, pero comenzó a llegar más gente. Sabía que si precipitaba los acontecimientos le dejaba el campo orégano para una de sus actuaciones en las que haría de víctima. Y no estaba dispuesto. No sabía por dónde iban los tiros y no iba a tolerar un escándalo, por más *wetback*[2] que yo fuera.

Entraron tres hombres mayores con sus respectivas mujeres. Por la vestimenta deduje que eran de buena posición económica y seguramente venían de hacer compras en el centro comercial. Era costumbre de los sábados por la mañana. Los amigos se juntaban para charlar distendidamente, beber café o comer algo mientras las mujeres hacían «crujir» sus tarjetas de crédito. Cuando los vio, Patrizia volvió a ponerse las gafas de sol y se plantó delante del grupo.

«¡Tierra trágame! », pensé.

---

[1] Méx. Expresión que denota molestia por la actitud o acción de otra persona.

[2] Wetback: Estados Unidos. «espalda mojada.» Forma peyorativa de llamar los inmigrantes hispanos, en especial a los mexicanos.

Las mujeres la miraron de arriba abajo sin entender.

–¿Linda, Linda Williams? –preguntó Patrizia casi echándose sobre una de ellas. La mujer se detuvo en seco sin saber cómo reaccionar. Era evidente que, si bien la conocía, no recordaba su nombre para retribuir el saludo.

–¡Soy Patrizia, Patrizia Bargas! –exclamó al tiempo que le daba dos besos en las mejillas.

–¡Ah, Patrizia Bargas, por supuesto! No te había reconocido. ¡Estás muy joven y guapa! –se repuso la pobre víctima y devolvió los dos besos reglamentarios.

–¿Tú también vienes a comprar plantas?

–No, he venido a visitar a Chío. El jardín del rancho está tan a rebosar que no cabe una más.

La mujer asintió y buscó la manera de zafar, pero Patrizia parecía un *fullback* del fútbol americano moviéndose para frenar el avance.

–¿Has venido con tu esposo? –preguntó la mujer ya un tanto molesta. A mí me sonó a: «¿por qué no te vas con tu esposo y nos dejas tranquilos? »

–Se ha quedado en el club de golf, John no se mete en los asuntos de mi programa. Y hoy debía hablar con Chío porque le dimos la oportunidad de tener un micro en «Perfume de mujer» y cuando ha tenido éxito nos ha abandonado por la competencia.

A mí las venas del cuello se me hincharon a punto de reventar al escucharla. «Insecto rastrero, vividora, retorcida, falsa…», pensé. ¿Le dimos la oportunidad? ¡Hay que ser hipócrita!

Pero Patrizia estaba en su salsa, siempre fuera de lugar.

–Supongo que veis mi programa…

Las mujeres se miraron entre sí.

–Los jueves por la tarde en Gladvisión y se repite los sábados por la noche y los domingos por la mañana. ¡Miradlo porque está dedicado a nosotras las mujeres! Tiene un sinfín de consejos útiles sobre moda, estilismo, belleza y calidad de vida…

–Sí, lo miraremos. Muy interesante, –dijeron casi a coro las

tres–. ¡Dale saludos a John! –Y siguieron su camino
meneando la cabeza con desaprobación.
Patrizia volvió hasta el mostrador donde yo estaba envol-
viendo una azalea para regalo.
–¡Son amigos de toda la vida! –exclamó convencida y a
mí se me rompió la cinta con la que estaba confeccionan-
do el moño.
La verdad es que yo jamás hubiese aspirado a hablar frente a una cámara de televisión, pero no había sido Patrizia
la que me había dado la oportunidad.

RICARDO LAMPUGNANI

II

Todo había comenzado poco más de un año atrás. Yo estaba trabajando en el *garden*. Todavía no había abierto al público porque quería que todo estuviese en condiciones. Sabía que me jugaba mi futuro y me había costado mucho llegar hasta el lugar en el que estaba.

Aquella tarde se presentaron dos jóvenes y comenzaron a llamarme desde el portón de entrada. Yo les hice señas de que estaba cerrado, pero como no se iban, me acerqué a hablar con ellas.

—Tiene usted un bonito negocio —dijo una cuando estuvimos a distancia suficiente para poder escucharnos.

—Aún no está acabado. Espero tenerlo a punto para la primavera —contesté. Y creo que hinché un poco el pecho. Lo que no sé es si fue por orgullo o porque las chicas eran muy guapas.

—Somos reporteras de un canal de televisión por cable —dijo la otra y se me desinfló el pecho.

—No voy a hacer publicidad por el momento —me apresuré a replicar. Esta gente está siempre a la pesca de cuanto negocio nuevo aparece y si los dejas hablar, estás perdido.

—¡No vendemos publicidad! Ella es camarógrafa y yo soy periodista. Trabajamos haciendo reportajes para Gladvisión. ¿Lo conoces?

Negué con la cabeza. Para mí el televisor era casi un objeto decorativo. Cuando lo encendía era para ver deportes o documentales y, como cada cinco minutos pasaban una tanda de publicidad, o me hartaba y lo apagaba, o me quedaba dormido. En alguna ocasión había pensado en contratar televisión por cable, pero era pagar por algo que casi no aprovecharía.

–Estamos buscando un *garden* bonito como éste y alguien que se anime a hablar de plantas y a dar consejos para un programa dedicado a la mujer –dijo la reportera.

–Nunca lo he hecho.

–Pero, sabe de plantas ¿no?

–Un poco.

–Entonces no tendrá problemas. Es como explicarle a una cliente la manera de cuidar la planta que ha comprado. Yo hago de cliente y le pregunto y usted me contesta. ¿Qué le parece?

–No lo sé.

–Hagamos una prueba, lo que nosotros llamamos un piloto. Si sale bien y usted se siente cómodo, repetimos una vez a la semana. Solo son tres o cuatro minutos. Piense que puede ser una buena publicidad para usted y para su negocio. ¡Y gratis!

Yo ya lo había pensado y una voz dentro de mí me gritaba «¡Ándale, no seas pendejo!»

–Es que no llevo ropa adecuada –fue mi última excusa para el miedo escénico.

–Lleva ropa de jardinero y vamos a entrevistar a un jardinero…

Ya no había escapatoria. Me explicaron el tres, dos, uno del inicio, que no mirara directo a la cámara sino a mi interlocutor y que cuando el tiempo se acabase la camarógrafa haría un círculo con la mano para cerrar la entrevista.

Y de verdad, a pesar de todos mis miedos, me sentí muy cómodo.

—¡Ha quedado padrísimo[3]! —exclamó la camarógrafa tratando de congraciarse con mi condición de mexicano.

—Realmente muy bueno, muy natural, no ha habido que cortar… Si usted se ha sentido cómodo, repetimos el martes que viene más o menos a la misma hora…

Asentí con la cabeza.

Mientras las acompañaba hasta la puerta recordé que ni siquiera sabía en qué programa, canal y horario se emitiría.

—Perdón, pero ¿en qué programa saldrá el reportaje? —Y me sonó a mí mismo muy petulante, como si quisiera verme para fardar.

—¡Oh, disculpe! Estoy tan entusiasmada por lo bien que salió el micro[4] que me había olvidado de informarle —dijo la reportera extrayendo una tarjeta de su bolso y un bolígrafo. Utilizó la espalda de la camarógrafa para apuntar los horarios.

—Es en canal seis de Gladvisión. Se emite los jueves a las cuatro de la tarde, se repite el sábado a las once de la noche y el domingo a las once de la mañana. El programa se llama «Perfume de mujer». Míralo y verás lo bien que ha quedado. ¡Ah! Por cierto, yo soy Mary y ella es Jacqueline.

Nos dimos las manos.

Estuve a punto de decirles que no tengo cable, pero ya era tarde. Habían transpuesto el portón y estaban subiendo al coche que habían aparcado delante.

El martes siguiente no me salió tan bien como el primer día, pero las chicas insistieron en que valía. A partir de allí comencé a sentirme más y más en mi terreno y hasta me permitía hacer alguna broma respecto al nombre de una planta o a intercalar anécdotas sobre su origen o comportamiento. Había complicidad entre la reportera y yo, al

---

[3] Padrísimo: óptimo.

[4] Micro: En la jerga televisiva suele llamarse así a un espacio que se inserta grabado dentro de un programa.

punto que llegué a pensar que podríamos llegar a algo más…

Hasta que las vi discutir en un rincón justo después de acabar una grabación. Jacqueline hacía gestos como si estuviese recriminándole algo a su compañera, mientras Mary solo atinaba a llorar tapándose la cara con las manos. Luego fue Mary la que habló juntando las manos como si rogara, acarició la cabeza de la camarógrafa y… ¿le dio un beso en la boca?

Yo no me creía lo que veía, pero comencé a sentirme pendejo[5]. –Amárrate las agujetas o te vas a dar un ranazo[6] –me dije en voz baja. Ahora que las miraba bien, la situación tenía sentido. Jacqueline siempre vestía jardineros de jean, camisas leñadoras y llevaba el pelo muy corto. Yo pensaba que ¡Bueno! Es una manera informal y divertida de vestir. Nunca había tenido modales masculinos. En cambio, Mary tenía el cabello muy largo y vestía siempre faldas o jeans con botas. Yo lo había atribuido a su condición de reportera y a que debía ir más formal por el hecho de aparecer en cámara.

«¡Cómo no te has dado cuenta! », pensé. Sin embargo, luego de analizarlo unos instantes me sentí un retrógrado. «Que sean lesbianas no tiene nada que ver con la manera de vestirse y tampoco con que sean más femeninas o menos», me reproché. Al final decidí dejar las elucubraciones de lado. Lamenté que hubiesen discutido, pero no sabía si era por mi culpa. «Cada uno tiene derecho de hacer de su culo un pitillo», pensé convencido.

Cuando se fueron me costó concentrarme. Si iba a por los clavos me dejaba el martillo, cuando tenía los clavos y el martillo no encontraba las pinzas. «De todos modos sigue pareciéndome un desperdicio», pensé.

---

[5] Pendejo: tonto.

[6] Amárrate las agujetas o te vas a dar un ranazo: Expresión para indicar que si no eres precavido vas a recibir una desagradable sorpresa. En México agujetas son los cordones de los zapatos y ranazo es un buen golpe.

III

Eran más de las tres de la tarde. Mary y Jacqueline solían ser muy puntuales. Yo había preparado una pequeña estrategia para enterarme de si realmente eran pareja o se trataba de un rollo momentáneo. Tampoco era que fueran a cambiar los hechos, quizás buscaba la manera de no sentirme tan tonto.

No vinieron. En su lugar apareció un cubano muy simpático. Por razones obvias y aunque fuesen lesbianas habría preferido a las muchachas.

—¿Y las chicas? —pregunté en cuanto lo vi descender del carro, cámara en mano.

—¡Chico, buenas tardes! Tú debes ser Chío. —Abrí el portón y lo dejé entrar.

—Yo soy José Luis.

Nos saludamos con un apretón de manos.

—Mary y Jacqueline se han ido a trabajar para otro canal. Espero que no te moleste el cambio. He visto tus vídeos y ¡eres muy bueno, chico! No tendrás problema en grabar conmigo, aunque entiendo que estés un poco frustrado. Mary y Jacqueline son un caramelito, un regalito para la vista, aunque sean tortilleras[7].

---

[7] Tortilleras: en Cuba y otros países americanos: lesbianas.

No contesté. Evidentemente José Luis era muy rollero[8]. Lo que me inquietaba más era que había venido él solo. ¿Quién haría las preguntas y sostendría el micro?

—Escucha, José Luis. ¿Has venido tú solo?

—Por supuesto, acere[9]. ¿qué querías, una comparsa? —No me hizo ninguna gracia.

—¿Y quién hará el reportaje? —insistí.

—¡No te preocupes, chico! Tu habla y yo grabo. Hacemos plano largo al inicio en una plantita que queda muy chévere y vamos a ti. Cuando se acaba el tiempo te hago señal para que redondees. Grabo unos planos cortos para intercalar y un desenfocado para acabar… ¡Y ya está!

Tragué saliva. Yo estaba acostumbrado a una especie de conversación, aunque debía reconocer que no siempre las preguntas iban con lo que yo quería decir.

—Pero entonces debo mirar a la cámara.

—No es necesario, chico. Tú solo habla como si hubiera alguien detrás de mí. ¡Olvídate de la cámara!

—¿Y el micrófono?

—¡Chico, tú que te piensa! Tenemos los últimos adelantos tecnológicos del Tío Sam. Ahorita mismo te pongo un inalámbrico que es diez veces mejor que uno de mano. ¡Profesional, vamos!

Confieso que hasta me sentí más confortable que antes. Montaba lo que iba a decir en mi cabeza, le anticipaba a José Luis los movimientos que iba a hacer y, de esa manera no solo hablaba, sino que podía señalar o agarrar la planta, acercar las hojas a la cámara y hasta incluso quitarle la maceta para enseñar las raíces.

En un par de semanas el tiempo que demorábamos en grabar un micro de cuatro minutos era a lo sumo de quince, pero José Luis no se iba antes de una hora. ¡No había forma de hacerlo callar!

Así me enteré de que en realidad no era cubano sino esta-

---

[8] Rollero: Que habla mucho.

[9] Acere. Cuba: amigo, camarada.

dounidense. El acento lo había heredado de su padre, un periodista y disidente que había llegado a Norteamérica tras el triunfo de la revolución. Había trabajado como locutor de radio, presentador y también había creado su propio estudio de grabación que ahora continuaban sus hijos José Luis era uno de ellos.

En una de esas charlas pre y post grabación me contó que alquilaban el estudio a varios programas que se emitían por cable. Ellos mismos los editaban y «enlataban[10]», luego los enviaban al canal para su emisión.

—Nunca he visto el programa —le confié. Me miró extrañado.

—No tengo cable y, si lo tuviera creo que tampoco lo vería. Me paso todo el día trabajando en el mercado de flores y luego vengo aquí para poner a punto mi negocio. Quiero abrir antes de primavera.

—Pero, ¡si esto ya está chévere, chico! Si fuera mío ya lo hubiera abierto tal como está. —Me aduló.

—No, todavía falta terminar con el rincón de los cactus, colocar la bomba de agua al estanque y acabar con aquel puente de madera —señalé mientras pensaba que una cosa era lo que yo tenía en mente y otra lo que veía la gente.

—¿Así que todavía no has visto el programa? —me preguntó y creo que por primera vez lo noté serio.

Meneé la cabeza.

—Pué no te pierde nada, chico… Las dos viejas que lo conducen son de madera, pero tienen plata y contactos. Lo único que vale la pena son tus micros y la sección de peluquería. ¡Si hasta les ha subido la audiencia!

Me quedé asombrado.

—Mira, vamos a hacer algo… ¿Tú tienes *computer* en tu casa?

—Sí.

---

[10] Enlatar un vídeo: Expresión de la jerga periodística que significa entregar un material listo para su emisión.

–Yo cargo un programa en un pendrive y te lo traigo. Tú lo miras y después me dices si tengo razón.

–¡Muchas gracias! –dije entusiasmado. El hecho de ver que tal salía el micro y cómo quedaban las tomas del *garden*, me hacía ilusión.

Y no tuve que esperar hasta la semana siguiente. Dos días después volvió a pasar y me dejó un lápiz USB con la grabación.

–He venido al centro comercial a grabar un corto, así que he aprovechado el viaje –me dijo pasándome el *pen* a través del enrejado del portón. Y tuvo que llamarme varias veces porque no lo había reconocido. En lugar de venir en coche como la vez anterior, iba en moto y no se había quitado el casco siquiera.

Aquella noche, luego de cenar me senté frente a la computadora dispuesto a mirar «Perfume de Mujer».

Las presentadoras eran Patrizia Bargas y Vicky Cabrera. Yo no sé nada sobre televisión, pero como televidente me parecieron estáticas y artificiales. Se pasaron los primeros diez minutos de programa mostrando sus «modelitos» de ropa y zapatos y hablando entre ellas. Para ese entonces ya me había aburrido, pero me esforcé en seguir mirando. Luego llegó la entrevista a un médico nutricionista que evidentemente era asiduo del programa y al que cortaban a cada momento. Después otros diez minutos hablando tonterías entre ellas detrás de una especie de mostrador y a continuación el espacio de peluquería y estética. Allí el programa comenzó a tener algo de ritmo. Entendí lo que me había dicho José Luis. La peluquera era, además de muy simpática y natural, realmente bonita. Casi al final apareció mi micro. Vicky Cabrera dijo algo así como: «Y ahora vamos con los interesantes consejos sobre jardinería de la mano de nuestro experto. ¿qué te parece Patrizia? »

El vídeo no estaba mal. Yo mismo me vi varios errores que intenté memorizar para no repetir. Me molestó que ni siquiera mencionaran mi nombre ni el del *garden* y que las tomas que mostraban parte de las instalaciones habían sido cortadas. Quedaba como algo abrupto que no tenía que ver con la estructura del programa. Cuando acabó se pasaron cinco minutos más hablando de ellas mismas y se acabó. Esperé a ver los títulos y agradecimientos. Pasaron los nombres de casas de moda, el del médico y su clínica, el de la peluquera, el de maquilladores, camarógrafos, decoradores y sus estudios, el de la pintora que había cedido unos cuadros horribles con que habían abierto el programa… Pero el mío y el de mi negocio, no.

Estuve meditando un buen rato. Era cierto que yo no había pedido nada y ni siquiera conocía a las presumablemente famosas Bargas y Cabrera. Sin embargo, llegué a la conclusión de que para perder el tiempo grabando cada semana sin ningún beneficio, era mejor dedicarme a mi negocio. En realidad, hasta ese momento, había creído que se me nombraba en el programa, que salían las imágenes del local o que al menos, quienes presentaban la columna de jardinería tenían la delicadeza de explicar quién era. Era lo que había entendido cuando traté con Mary y Jacqueline. Además, se habían hecho muchas tomas de los distintos rincones. No entendí para qué.

Me costó tomar la decisión. Me gustaba lo de hablar frente a una cámara. Quizás fuera porque cuando era solo un chapito[11] me la pasaba hablando todo el día, hasta con las gallinas de mi abuela. Luego, al hacerme mayor, la vida me enseñó a callar para no sufrir. Y ahora, delante de aquel aparato ciclópeo volvía a ser yo.

Cuando volvió José Luis para grabar le dije que ya no haría más micros.

—Pero ¡chico! ¿Qué ha pasado? ¿Tan malo te ha parecido el programa?

—Ni bueno ni malo, yo no sé de televisión. A mí no me gustó y tampoco veo en qué me beneficia hacer esto cada martes. Y no me parecen buenos, los micros…

---

[11] Chapito: niño.

—Mira Chío, tus vídeos son buenos porque tú no eres presentador, ni periodista. ¡A las personas les gusta! Tal vez puedas sonreír más y estar más suelto frente a la cámara, eso se logra con el tiempo. ¿Tú cuánto llevas, dos meses?
—No es por eso, José Luis. Yo acepté colaborar porque creí que serviría de publicidad para el negocio. Y he visto que no es así. Del *garden* no sale nada y de mí tampoco. Por lo tanto, no me sirve. No creo que sea un programa que tenga mucha audiencia. ¡Es aburrido!
José Luis se quedó pensativo un momento. Supongo que buscaría la manera de convencerme. Luego se rascó las motas de la cabeza con el meñique. Me resultó gracioso porque pensé que con el pelo tan corto y enrulado los peines eran un invento inútil para él.
—Tienes razón, chico… Cuando tienes razón, la tienes. Tú sabes que cada vez que vengo hago tomas de tu establecimiento. ¡A mí me gusta mucho! El problema es que las dos viejas se la pasan hablando como cotorras y como tu micro va último, lo cortan y recortan para que quepa todo.
—¡Pues ya está! Ahorita tendrán más espacio para hablar y yo más tiempo para trabajar —dije convencido de que hacía lo correcto. Así que fui en busca de las tablas para completar el puente de madera y me dispuse a clavarlas en su sitio.
José Luis se fue hacia el coche con su cámara al hombro. Debo decir que me produjo un poco de tristeza. Quizás me había hecho ilusiones de ser algún día alguien conocido por sus consejos sobre jardinería. Entusiasmo no me faltaba, conocimientos tampoco. Y según decían todos, no lo hacía tan mal, aunque a mí me diera vergüenza verme en una pantalla.
«Ya está», pensé. «Ahorita a concentrarse en terminar lo que falta para abrir». Sin embargo, me agarró tal flojera que me fui temprano a casa.
La jornada siguiente fue de mucho trabajo en el mercado de flores. Se aproximaba el día de los enamorados y los floristas acudían a hacer sus reservas. Los camiones con

flores de todo tipo entraban y salían sin cesar desde primeras horas de la mañana, como todos los años. Había que descargar, controlar los pedidos, llevar las rosas a la cámara para que no se arruinaran y preparar los recipientes con agua para las que eran de estación. Siempre me gustaron esas fechas, el bullicio, las prisas. Pero ese día me sentí raro, triste e insignificante. Cuando acabamos era casi de noche, comí una quesadilla de cecina y un huarache[12] con huevo en el puesto callejero de Paco y me fui a dormir. Para evitar sentirme culpable por haber hecho tan poco en el *garden* me dije que aprovecharía el viernes por la tarde en que el Mall cerraba más temprano. El jueves me hice una lista de todo lo que necesitaba. Debía buscar una vía de agua que hacía descender el nivel del estanque antes de llenarlo otra vez. Había pensado en agregarle unos peces *Koi* que ya había visto en una tienda, pero antes necesitaba instalar la bomba para recircular el agua. Me entusiasmó el hecho de ver la cascada funcionando. Era un proyecto ambicioso que possiblemente algún cliente querría para su propio jardín. La semana anterior habían llegado unos bambúes enanos, varios papiros y dos bolsas con lentejas y lechugas de agua. En el estanque se reproducirían con facilidad y podría vender las nuevas plantas asegurándome de recuperar la inversión.

¡Me equivoqué! Cuando llegué el viernes con mi vieja furgoneta, estaba el auto de José Luis aparcado frente al portón.

—¡Oye chico! ¿Qué ha pasado? He venido dos días seguidos y no te he encontrado. —Me dijo como saludo.

—He tenido mucho trabajo en el puesto de flores y, además no había quedado contigo —le contesté mientras comenzaba a bajar las herramientas.

---

[12] Huarache: comida tradicional mexicana cuya base en una tortilla alargada de harina de maíz. El nombre proviene de la forma, parecida a una sandalia de las que usaban los indígenas.

—Traigo buenas noticias para ti, ¡chico! A las viejas casi les da un ataque cuando les dije que no seguirías participando.

—Haberlo pensado antes. —Repliqué mientras abría el portón.

—Me han dicho que te presentarán como dios manda y pondrán el nombre de tu *garden* en los títulos.

—No me fío, José Luis. Te agradezco lo que has hecho, pero si les gustaba el micro o les interesaba, tendría que haber sido una iniciativa de ellas…

—¡Qué dices! Si esas mujeres no se enteran de nada. Piensa que les ponemos dos cámaras fijas delante y las dejamos hablar porque no saben hacer otra cosa. ¡Se mueven menos que fletera vieja!

Me hizo reír. No había entendido la expresión, pero me la imaginaba.

—¿Qué es eso de fletera vieja? —pregunté para salir de dudas.

—En Cuba una fletera es una prostituta, ¡chico! Aunque ahora les dicen «trabajadoras sociales».

Finalmente me convenció. Aunque el programa lo viese poca gente, yo solo perdería unos minutos a la semana haciendo algo que me gustaba. Y si nombraban el negocio y ponían imágenes era una publicidad. Peor era nada.

—Yo me comprometo a vigilar a las viejas para que hagan lo que han dicho —me aseguró levantando la mano derecha.

IV

La apertura del negocio se demoró hasta abril. Aunque me preocupaba perder el arranque de temporada, veía que se había generado expectación. Raro era el día en que fuese a trabajar y no encontrase coches aparcados esperando a que abriese. Los fines de semana todavía más, al punto que debí poner un cartel indicando que no estaba abierto al público, pero lo estaría en breve. En el puesto de flores varias clientes me habían identificado con el programa y me habían felicitado por el micro. Quizás fuesen ideas mías, pero notaba como que la gente me miraba por la calle. Creo que caminé más erguido, echando los hombros hacia atrás.
El día que abrí las puertas no cabía en mí de la emoción. Al fin me sentía realizado después de tanta lucha y tantas penurias. Me acordé de mis abuelos. Ellos estarían orgullosos de su nieto.
El negocio comenzó a funcionar bien. La idea de ofrecer un paseo agradable a la par que poder comprar plantas, macetas y todos los complementos, gustaba a la gente. Al principio me preguntaban si yo era el de la televisión y a mí me hacía sentir importante. Después de un tiempo dejé de prestar atención, o dejaron de preguntar.
Transformé el espacio de cuatro minutos en mi pequeño programa de jardinería. La noche anterior a la grabación

me hacía un guion que intentaba seguir. Cuando llegaba José Luis le explicaba cómo haríamos y él, siempre de buen talante, me seguía el juego. De esa manera resultaba más dinámico y, según él quedaba mejor.

–¡Dale candela, chico! –me repetía.

Sin darme cuenta pasaron más de seis meses. Las preguntas que me realizaban a diario los clientes me servían como guía para el micro y a la vez me ahorraban el tener que pensar cada semana en un tema nuevo. Los cuatro minutos se transformaron en casi el doble. José Luis insistió en que no redujera el tiempo porque el programa estaba teniendo más audiencia que nunca. Un día vino con la noticia de que las dueñas del espacio querían tener una reunión conmigo. Me citaron en un piso del centro de Los Ángeles que era propiedad de Patrizia Bargas y de su marido, el exdirector de cine John Crowford. Allí estaba también Vicky Cabrera. Calculé que debía pasar los cincuenta y llevaba a cuestas unas cuantas cirugías. Adoptaba poses de mujer fatal que a mí me parecieron ridículas. Hasta miré en derredor para ver si descubría una cámara oculta. No era razonable sobreactuar en la vida real, pero por lo visto, salvo el viejo John, allí todos los hacían, incluso el perro.

Alabaron el micro de jardinería como si se tratase de una obra maestra del cine. Yo miraba de reojo al ex director para intentar detectar una mueca en su cara. Parecía embalsamado.

La escena en sí era divertida: un salón bastante grande amoblado de estilo. Estábamos sentados unos frente a otros sin siquiera una mesa de por medio. Las dos mujeres mostraban sus piernas con cierto descaro. Vicky Cabrera llevaba un tajo en su falda que le llegaba casi a la cadera. Quizás era una vestimenta adecuada para una fiesta de Hollywood, pero no para una reunión de trabajo. Y no podía decirse que tuviese feas extremidades, pero resultaba difícil concentrarse en la conversación con semejante espectáculo. Quizás era lo que esperaban. Tal vez se pensaban que este mexicanito se iba a embobar mirando la mercadería expuesta y se iba a olvidar del precio que pretendían hacerle pagar.

Al final la reunión era para ofrecerme más publicidad a cambio de que les decorara el plató con plantas. Me causó un poco de gracia el hecho de que hablaran de flores cuando el mío es un garden center y solo vendo plantas naturales con raíz, no flor cortada. Por otra parte, adiviné que aspiraban a que les regalara las plantas que pusiese en la escenografía.

—Yo lo siento mucho —dije después de escuchar educadamente el ofrecimiento. —Sí, me interesa más publicidad para mi negocio y no me parece mala idea decorar el plató con plantas naturales, pero si se graba el cuerpo del programa el jueves, yo puedo llevar las plantas, colocarlas y retirarlas cuando se acaba de grabar.

Las dos mujeres se miraron algo desconcertadas.

—Piensa que eso significa quedarte durante toda la grabación o volver cuando acabemos —dijo Patrizia como si estuviese haciéndome un favor. Lo que ella no sabía era que yo conocía por José Luis el horario en que grababan y coincidía con el momento en que el negocio estaba cerrado.

—Si lo que me ofrecen en publicidad me conviene, yo no tengo ningún inconveniente —dije convencido de que había dado un golpe maestro al timón de la negociación. Ojalá no lo hubiese hecho.

Acordamos la aparición del nombre de mi vivero en los anuncios de apertura del programa, una pequeña presentación en imágenes antes del micro y otra después. También estuvieron de acuerdo con mencionarme al dar el pase y estar enteradas del tema sobre el que hablaría. Y por último la inclusión en los agradecimientos del final. Para mí eso era un gran éxito. Yo no arriesgaba mis plantas, solo perdía un par de horas a la semana y por menos que se viese el programa, tenía una publicidad gratis en televisión.

Cuando le comenté el resultado de la reunión a José Luis me miró con cara rara.

–¿Sabes lo que pasa chico? Estas viejas tienen contratadas dos horas de estudio, más la edición del programa que en principio debía ser una hora, pero son tan malas que siempre se pasan de tiempo, llegamos a enlatarlo casi al límite de la presentación y retrasan toda la programación del día.

Yo no entendí muy bien. Si nosotros para un micro de seis o siete minutos necesitábamos un máximo de quince minutos, era improbable que, para completar un programa de cuarenta y cinco minutos netos, ellas necesitaran más de dos horas.

–Es que las viejas comen mierda[13] todo el tiempo. Ya verás lo que te digo…

Y tenía razón. Parecían dos colegialas en un parque de atracciones. La maquilladora debía estar todo el tiempo detrás de ellas porque se querían retocar luego de cada bloque. Se equivocaban o se reían y debían repetir las tomas, no tenían un guion aprendido, aunque iban por todo el plató con sus carpetas bajo el brazo…

En los primeros dos programas a los que asistí, llegué una hora tarde para abrir el negocio.

–¿Cómo es que no tienen un director que les diga qué hacer? –pregunté a José Luis antes de la siguiente grabación.

–¡Hemos intentado dirigirlas, chico! –exclamó tomándose la cabeza con ambas manos– pero ¡es peor! Si no fuese porque pagan bien, mi hermano ya las habría puesto de patitas en la calle.

Desde el martes al jueves estuve pensando. Aunque yo no tuviese idea sobre cómo se grababa un programa de televisión, lo que había visto no era nada complicado. Debía haber un tiempo para la presentación y también

---

[13] Comer mierda: En Cuba, no estar a la altura de las circunstancias, no prestar atención, hablar como un bobo.

uno para cada bloque. Por peores que fuesen como actrices, si sabían lo que debían decir y hacer, no tenía demasiado secreto.

El jueves llegué al estudio unos minutos antes. Patrizia y Vicky estaban en el camerino. En el plató ultimaban la grabación de *«Open doors»*. Como neófito de la televisión por cable, yo tampoco sabía de qué se trataba. Uno de los ayudantes me indicó que entrara en silencio y dejara las plantas en un costado. El presentador era George Mutti y estaba haciendo el cierre. Me llamó la atención que trabajaran con cinco cámaras: cuatro de pie y una portátil. En las dos grabaciones de «Perfume de Mujer» a las que había ido solo eran dos fijas. También era curioso que participara tanta gente en el programa: dos en una mesa, tres más sentados en un sofá, el presentador y varios detrás de cámaras.

«Chío, si creías que habías aprendido algo sobre la tele, olvídalo», pensé impresionado.

George Mutti fue desde la mesa al sofá. En cada sitio habló con los participantes, luego caminó hacia el centro del plató y saludó a la audiencia.

—¡Corten, estamos fuera! —se escuchó y se apagaron las luces. En unos segundos entró la maquilladora, retocó a algunos de los participantes, se reunieron los que habían estado delante de cámaras con los que estuvieron detrás, todos en el sofá. El director dio algunas instrucciones y volvieron a encender los focos.

—¡Grabamos promoción! —dijo el director.

—¡Silencio!

—¡Vamos en tres, dos…! —se hizo un silencio total. Cada uno dijo un par de palabras respecto al tema del siguiente programa, saludaron a coro y, se acabó.

José Luis pasó a mi lado con los auriculares en el cuello y la cámara todavía al hombro.

—¿Has visto cómo trabajan los profesionales, chico?

Asentí entusiasmado.

—Pues ahorita vienen las come mierda y nos arruinan el

día.

—No será tan grave —dije para suavizar, pero José Luis parecía enojado, cosa rara en él.

—Pues mira lo que te digo, chico. Esta gente mete diez temas diferentes, son quince personas que entran en cada programa más los invitados, es como un telediario que dura dos horas y ellos lo sacan en dos horas quince.

—¡Son unos genios! —intenté congraciarme.

—No, son profesionales que respetan su tiempo y el tuyo —me dijo con el dedo índice levantado y se fue hacia el cuarto de control. Yo recogí mis plantas y fui hacia dónde estaban los chicos que montan y desmontan las esceno grafías.

—Tu márcame dónde las quieres y en un minuto yo te las coloco —me dijo uno de ellos mientras arrastraba el sofá del programa anterior.

Quedaban diez minutos para iniciar la grabación de «Perfume de Mujer». Comencé a dudar sobre lo que había esta- do pensando en los dos últimos días. Se me había ocurri- do que, ya que estaba allí los jueves y necesitaba llegar a tiempo para abrir el *garden*, podía intentar ordenar un poco a las dos mujeres para que todo saliera más rodado. Ahora, después de lo que había visto, no estaba muy se- guro.

Se entreabrió la puerta del camerino y Patrizia asomó la cabeza. Al verme me hizo señas de que entrase. Yo miré hacia los lados para ver si se dirigía a otra persona.

No, era a mí. Confieso que dudé en hacerle caso. Algo me decía que no era una buena idea.

Dentro del camerino estaba la maquilladora, la encargada de vestuario, Patrizia y Vicky. Supongo que quien estaba a cargo de la ropa era empleada de la casa de modas que prestaba los atuendos. Se la veía bastante a disgusto y muy preocupada por ocultar las etiquetas y evitar las man-chas de maquillaje. En cambio, las dos mujeres parecían disfrutar poniendo en peligro los modelos que lucirían.

—Chío, ¡qué bien! —exclamó Vicky al verme—. Estaba deseando la mano de un hombre…

Sentí un calor que me subía desde mis pantalones hasta la cara. Vicky se dio la vuelta y mostró su espalda. Tenía el vestido con la cremallera bajada hasta las nalgas.

–¿Podrías subirme la cremallera? –preguntó acercándose. Debí pensar rápido. Si me negaba pasaría por tonto, si lo hacía le daba pie a que siguiera con su juego. No es que sea un puritano, pero aún en lo erótico me molesta la manipulación.

Le subí la cremallera intentando no tocarla, pero era imposible. Además, ella iba retrocediendo hasta casi pegarse a mí.

–¡Qué manos tan calientes Chío! ¿Tienes todo así de caliente?

Creo que me salía vapor por las orejas. En otro momento quizás no lo hubiese pensado y me habría plegado a la fiesta.

–¡Yo también quiero! –exclamó Patrizia mientras venía hacia mí con la toalla de maquillaje todavía enganchada al cuello. Por suerte solo tenía la cremallera baja hasta mitad de espalda.

En cuanto comencé a subir la cremallera de Patrizia, Vicky se acercó y me apoyó un pecho en el brazo.

–¿Es cierto lo que dicen, Chío? –preguntó con voz seductora.

–¿Los mexicanos la tienen gruesa y cabezona?

La maquilladora comenzó a buscar algo bajo unos de los sillones y la chica de la ropa salió directamente del camerino. Por suerte para mí llamaron para grabar.

Cuando le comenté a José Luis lo que había sucedido, se rio con ganas.

–Son unas calientabraguetas, pero si les sigues el juego te botan como a un bobo. ¡Mala gente chico! ¡Mala gente!

En lugar de quedarme mientras grababan, me fui a dar un paseo. La primera idea que vino a mi cabeza fue la de dejar todo aquello de la televisión. Yo tenía mi negocio que debía cuidar y atender y, eso implicaba abrir a la hora correcta. Era cierto que podía cambiar el horario de los jueves, pero no quería.

El estudio se encontraba en la Main Street. Después de dar varias vueltas, busqué un bar y me senté. No quería decidir en caliente, pero me sentía humillado.

«Seguro que ellas lo han tomado como una broma», pensé. Sin embargo, me di cuenta que el mal rato pasado no era lo que me molestaba. Para un mexicano que se había ganado la vida como jardinero en los barrios residenciales de Los Ángeles, la provocación de mujeres aburridas, solitarias y abandonadas no era una novedad. Lo que sí me molestaba era la falta de seriedad para con su trabajo. Mejor dicho: la rabia provenía de que yo intentaba aprovechar cualquier pequeña oportunidad de salir adelante, de triunfar y estas dos mujeres teniéndolo todo, no lo valoraban.

La idea era solo beber café, pero como no había comido nada desde el desayuno opté por agregarle una *burger* y una ensalada.

«Con el estómago lleno se reflexiona mejor», pensé y fue cierto. Para cuando acabé de comer ya casi se había hecho la hora de pasar a recoger mis plantas. Me dirigí al estudio y en lugar de entrar en el plató –no tenía deseos de escuchar a las dos mujeres–, me puse a mirar a través de los cristales cómo trabajaban en la mesa de control.

Estaba muy entretenido observando la enorme consola desde donde indicaban los cambios de cámara, regulaban el volumen de los micrófonos y controlaban los tiempos de cada bloque cuando escuché una voz a mis espaldas.

–¡Entra chico que te presento a mi hermano! –Era José Luis que había salido del plató.

–Ernesto te presento a Chío Malpigia, Chío él es Ernesto, mi hermanito menor.

–Y el único de los dos que trabaja como podrás ver –agregó Ernesto dándose la vuelta y estrechando mi mano.

–Mi padre le puso el nombre de un héroe de la revolución

cubana, pero ¡de héroe nada chico! Quiso ser cocinero y tampoco, así que lo tenemos aquí cocinando vídeos –dijo en voz baja José Luis.

–¡Te estoy escuchando!

El ambiente, entre tanto zafarrancho de cables, perillas y botones parecía distendido. Era evidente que, pese a las pullas, los hermanos se complementaban muy bien.

–¡Oye, Jose! Estas viejas se han vuelto a pasar. ¿No te dije que les cortes cuando llega el tiempo? –el tono de Ernesto cambió de relajado a enfadado.

–¿Qué quieres que le haga, hermano? Quedo medio muerto haciendo señas y ni me miran. ¡No puedo cortar a mitad de frase porque es peor!

–¡Eh, Chío! Tú que trabajas con ellas, ¿por qué no les das unas cuantas clases de cómo sacar un vídeo en condiciones? Con los tuyos nunca tengo problemas para editar. O mejor te ofreces como director del programa y además les cobras, que las viejas tienen plata. Si no saben, ¡que paguen! –Ernesto me miró como si me estuviese dando una brillante idea.

–Lo he pensado, pero visto lo visto, mejor no –contesté.

–Es que se lo han querido «planchar» dentro del camerino –agregó José Luis haciendo el movimiento de planchar una camisa.

–¡Noo! –exclamó Ernesto quitándose los auriculares y poniendo cara de asco. Los otros tres chicos que trabajaban allí y que hasta ese momento no habían levantado la cabeza, me miraron con el mismo gesto.

–¡Y mira Chío que éstos no le hacen asquito a nada! –agregó José Luis señalándolos. Entonces me di cuenta que planchar para los cubanos es lo mismo que «ponerle carnita al tamal» para nosotros los mexicanos.

–No te lo aconsejo. De esas cuevas pueden salir bichos ¡muy malos! –dijo un morenito delgado que por lo visto era el encargado de la música.

–Él lo dice por experiencia –replicó otro y la carcajada fue general.

–¡Shh! Ahí llega… –Ernesto había visto reflejado en el cristal cómo Patrizia se acercaba al cuarto de control.
Entró como si fuera Marilyn Monroe en «La tentación vive arriba», –me gustan las películas antiguas, aunque no pueda decir lo mismo de las actrices viejas que se creen adolescentes–.
–¡Patrizia! ¿Qué es lo que no entiendes? ¡Mujer! Cerramos con siete minutos de más. ¿Me quieres decir dónde meto yo los títulos? –Ernesto parecía realmente molesto.
–Es que el médico…
–¿El médico? ¡Si al pobre hombre no lo dejan ni hablar! Ya lo hemos platicado muchas veces… José Luis está allí haciéndote señas, te indica el tiempo, el redondeo y el cierre. ¡Y ustedes, ni puto caso!
–Quita el micro de jardinería y ¡listo! Y tú, Chío ya puedes llevarte tus plantitas…
Todos me miraron con la boca formando una «o», pero nadie dijo nada. Salí de allí intentando parecer que no tenía prisa y detrás de mí José Luis.
–¡No pasa nada, chico! Es una vieja come mierda… Tú no le hagas caso que tu micro es lo mejor del programa. La vieja es una víbora envidiosa. El John Crowford tendrá la pinga floja, pero la billetera dura…
Llegué al negocio con una gran pesadumbre en el cuerpo y en el alma. Yo conocía esa sensación desde hacía muchos años, pero había creído que no volvería a pasar por ella.
Me dije y repetí a mí mismo aquella frase del Quijote: «ladran Sancho, señal que cabalgamos». Me sentí muy cansado, pero aun así procuré colgarme la mejor sonrisa para atender a mis clientes, que no fueron muchos aquella tarde. Aproveché para revisar el riego, quitar algunas hierbas alrededor del estanque y mirar el stock de macetas, sustratos e insecticidas. Necesitaba hacer un pedido a Greenpack, una gran empresa de producción y distribución de productos para *gardens* y floristerías. Me tenían en muy buen concepto porque les compraba desde la

época en que solo era jardinero, luego había convencido al dueño del puesto en el Mall de flores para que se hiciese cliente y ahora seguía comprándoles para mi propio negocio. Siempre me ofrecían buenas ofertas y descuentos interesantes. El pensar en ellos me hizo sonreír de satisfacción. Recordé cuando iba con mi vieja bicicleta, cargado de herramientas a ofrecer mis servicios casa por casa. Miré a mi alrededor y respiré hondo.

—No te duermas, Chío que mañana es viernes. —me dije y marqué el número de Greenpack.

—Buenas tardes, señor Malpigia —me saludó siempre tan amable la telefonista—. Casualmente tenía agendado su número para llamarlo mañana por la mañana.

Me extrañó. Era una empresa muy grande y nunca me habían llamado para hacerme ofertas o preguntar si necesitaba mercadería. Era el cliente quien llamaba o iba hasta la distribuidora, entonces sí ofrecían descuentos o nuevas condiciones de venta. De pronto me vino una sospecha a la cabeza. ¿Les habrían devuelto un recibo del banco? Pensé con rapidez, creía que tenía todo cubierto. «¡Dios mío! Eso es por ocuparme del maldito micro y el puto programa y no de lo que me da de comer», pensé asustado.

—Señor Malpigia, señor Malpigia. ¿Está usted allí?

—Sí, sí —balbuceé—. ¿Por qué tema es?

—No se preocupe, nada importante. Páseme el pedido y luego le explico.

La chica debió haber detectado mi desesperación. Me costó templar la voz y tuve que apoyar las manos en el mostrador para poder leer el papel que temblaba. Por primera vez desde que había abierto el negocio dejé pasar las ofertas. Quería acabar y que me dijese por qué iba a llamarme al día siguiente. Recién en ese momento comprendí lo estresado que estaba.

—¿Es todo? —preguntó.

—Es todo, muchas gracias.

—Entonces le comento…

—Sí, por favor.

—El señor Julio Chávez que es nuestro gerente de marketing está interesado en hablar con usted. Según lo que me ha comentado es respecto a un programa de televisión en el que usted participa. ¿Es verdad?

—Sí, es verdad.

—¡Qué bien, felicitaciones! Después del tiempo que llevo atendiéndole por teléfono nunca me imaginé que tuviese esa faceta…

—¡Gracias! Pero ha sido algo accidental. Hablo de lo que hago y me gusta y, parece que me sale medianamente bien.

—También es modesto. Yo hablo todo el día por teléfono y me anularía frente a una cámara de televisión. Un segundo, por favor.

Me volvió el alma al cuerpo. ¿Por qué querría el gerente de marketing hablar conmigo? La realidad era que se trataba de un espacio de algunos minutos en un programa de mierda por un canal de cable.

—¿El señor Chío Malpigia?

—Sí, soy yo.

—Un gusto de conocerlo. Soy Julio Chávez.

—Un placer. ¿En qué puedo ayudarle?

—Antes que nada, si no le molesta podemos hablar en español. Porque usted es mexicano, ¿no?

—Así es. De Santa Ana, en Sonora.

—Yo de ciudad de México. Mi esposa es muy fan suya. Graba el programa solo para verlo a usted. Me lo ha hecho mirar y lo hace usted muy bien.

—¡Gracias!

—Por eso, he propuesto a la dirección de la empresa, invertir en patrocinar su micro. ¡Y han estado de acuerdo!

Me quedé mudo.

—¿Chío?

—¡Sí, sí! La verdad es que le estoy muy agradecido. Debería averiguar cómo funciona lo del patrocinio, porque en realidad yo solo hago el espacio de jardinería dentro del

programa y también la decoración con plantas del plató…
—Precisamente ese es el problema. Nos hemos comunicado con la producción de «Perfume de mujer» y nos han propuesto patrocinar el programa completo. Pero nosotros queremos hacerlo solo con su bloque.
Otra vez mudo. Había estado esa misma tarde con Patrizia y no me había dicho nada. Y encima me había tratado como a la última mierda del planeta.
—Por esa razón quería hablar con usted. La cantidad que pensamos invertir no es nada desdeñable para un programa de cable.
Tragué saliva y me comenzó a doler la cabeza.
—Bien, hablaré con la productora y en cuanto tenga algo le llamo —dije para acabar la conversación porque ya no podía ni pensar.
—Una última cosa, Chío. En caso de llegar a un acuerdo, usted tendría de manera gratuita un lote de productos por cada novedad que incluyamos en nuestro catálogo…
Nos despedimos y corté la comunicación. Estuve a punto de lanzar el celular al estanque.
«Mira el lado positivo, Chío», pensé. «Ahora tienes con qué pinchar a la víbora».
Me sentí mejor, más liviano, aunque confundido. No entendía la actitud de Patrizia. Si una empresa importante quería invertir en publicidad patrocinando una parte del programa… ¿Por qué negarse? Intuía que había algo oscuro. Pero no sabía qué. Estaba pensando en llamarla por teléfono cuando entró una clienta que necesitaba una planta para regalar. Intenté asesorarla lo mejor que pude y acabé frustrado. Nada parecía gustarle. Al fin se decidió por un *Asplenium nidus* que yo le había recomendado casi media hora antes.
—Es que no me atraen las plantas —dijo quizás a modo de disculpa por la indecisión o tal vez porque la expresión de mi cara había ido variando. Yo sentía la piel tensa y me costaba mantener la comisura de los labios hacia arriba.
—Pero a mi amiga le encantan. —Agregó.

Cuando acabé con ella ya era hora de cerrar y la confusión respecto al patrocinio de Greenpack se había transformado en enojo. Cerré el *garden* y me dije que esa noche necesitaría un buen tequila para relajarme. Pasé por Ramírez y además compré cerveza. La hamburguesa del mediodía o posiblemente los nervios me habían dejado la garganta como un papel de lija.

Cuando entré en mi apartamento lo noté más precario y triste que otras veces. La renta no era alta y el tamaño pequeño. Busqué en la nevera algo que me apeteciera comer y luego en las alacenas. Es lo que tiene vivir solo, acabas comiendo porquerías. Luego de tres cervezas y un par de tequilas, la cabeza se me hundió entre los hombros. Encendí el televisor y me quedé dormido en el sofá luego de la segunda tanda de anuncios.

V

—Si quieres tener un espacio dentro de un programa, debes aportar tus anunciantes de publicidad —dijo Patrizia con voz melosa.

—Nosotras no te lo exigimos antes porque estabas comenzando —agregó Vicky—, pero ahora...

Hice un esfuerzo para no reírme en sus caras y otro mayor para no enviarlas a la mierda. Debía mantener la cabeza fría y sacar de la situación el mayor provecho que pudiese. No me valía de nada recordarles que habían sido ellas quienes me habían ido a buscar a través de la periodista y la camarógrafa. Tampoco me servía poner sobre la mesa que también habían propuesto la decoración del plató a cambio de más publicidad. La oportunidad de que Greenpack me auspiciara no era para desaprovechar. Mi cabecita soñadora ya había pensado que, si en algún momento se daba la posibilidad de tener mi propio programa sobre jardinería, necesitaría patrocinadores. Yo sabía que las empresas miran en qué hacen publicidad sus competidores. Si Greenpack me apoyaba, otras también lo harían.

—Quiere decir que, de no existir esta propuesta, ¿yo no podría continuar con el micro?

—No hemos querido decir eso —contestó Patrizia simulando sentirse ofendida.

—Entonces no he entendido lo qué quieren decir. Me ha

llamado un patrocinador que quiere poner su publicidad en el programa y más específicamente auspiciar mi espacio. Es una empresa importante y ustedes le dijeron que debe auspiciar todo en general y no un segmento en particular...

–No nos ha entendido bien, Chío. Nosotras le explicamos al señor ... que sería más ventajoso para ellos ponerla en general ya que nosotras podemos hablar de la empresa, alabar los productos y eso es un extra al spot publicitario.

–Ahora quien quería envolverme era Vicky.

–Pero el «señor» ... me ha insistido en que solo pondrán su publicidad si va antes y después de mi micro...

–No hay problema Chío, lo haremos de esa manera... – Patrizia estaba siendo condescendiente como si yo fuese un crío caprichoso.

–¡Muy bien! Y supongo que un porcentaje de esa publicidad será para mi bolsillo...

Las dos mujeres se miraron como si hubiese caído un rayo en medio de la habitación.

–Es lo que se estila, ¿no? Me he informado respecto a la comisión de quien aporta auspiciantes a un programa.

–¡Eso será en México, querido! –explotó Patrizia.

–No sé quién te habrá dicho eso, pero no tiene ni idea – Vicky no quiso ser menos.

No quise explicarles que había sido Ernesto, el hermano de José Luis y quien dirigía el estudio de grabación. Él estaba en contacto directo con todos los productores de programas de cable y conocía de primera mano las cifras que se barajaban en el sector. Según él, «Perfume de Mujer» había sido deficitario hasta no hacía mucho tiempo, la supervivencia provenía de John Crowford quien lo apoyaba con la publicidad de sus empresas: un resort de lujo y un club privado con campo de golf. La audiencia y también el interés de los anunciantes había comenzado a crecer a partir de la inclusión de los bloques de peluquería y estética y del mío. Eran algo concreto que restaba protagonismo al parloteo de las «dos viejas comemierda» como las había rebautizado José Luis.

–Entonces, ¿qué me ofrecen?

–Ya te lo hemos dicho antes.... Para participar en un programa como el nuestro, debes aportar publicidad. El espacio no se paga solo.

Comprendí que era inútil intentar negociar. Por más ofuscado que estuviera debía pensar en mi propia conveniencia. La reacción más acorde a la situación hubiera sido dejar el programa, llamar al gerente de Greenpack y decirle que no lo auspiciase, pero me resistía a dejar pasar una posibilidad que yo mismo había creado. Me fui con la misma sensación de irrealidad que la vez anterior. Todo parecía sobreactuado por muñecas que adoptaban poses artificiales todo el tiempo y, en el mismo sillón, John Crowford embalsamado.

Mientras bajaba en el ascensor se me ocurrió la divertida idea de que aquellas dos mujeres y Mr. Crowford podrían postularse para actuar en una película *«Men in black»*. Por supuesto no como inspectores sino como alienígenas que adoptaban formas humanas y al ser descubiertos les salían horribles seres de distintas partes del cuerpo. Me tenté y comencé a reírme a carcajadas, quizás eran los nervios. En el tercer piso el ascensor se detuvo y subió una pareja. La mujer me miró con cara de asco. Era una de esas ancianas secas, amargadas y autoritarias. Tenía el cabello color zanahoria y batido como si fuese un nido, pero tan ralo que se le veía el cuero cabelludo. Extrañamente su esposo llevaba el mismo color de pelo. «Le ha sobrado tinte y se lo ha puesto al marido», pensé. Era evidente que todo aquel edificio podría participar en la película. Hice todos los esfuerzos posibles para mantenerme serio. Se me saltaban las lágrimas y el dichoso ascensor parecía ir más lento. Antes de llegar a la planta baja solté una carcajada. El hombre se giró ofendido.

–Disculpe, ahorita mismo me acordaba de un chiste muy gracioso –dije sin pensar que estaba hablando en español.

–Fucking wetback! –me gritó y yo lo miré con curiosidad para descubrir por dónde saldría el alien.

No me apetecía cenar solo en mi piso de Rowan Avenue así que busqué una pizzería italiana. Necesitaba gratificarme. Mientras esperaba mi pizza de pollo a la barbacoa mi cabeza comenzó a fantasear otra vez con la posibilidad de montar mi propio programa.

–¡Tú eres jardinero, Chío y sabes de plantas! –me dije en voz alta.

Si bien la imagen mental era tentadora, el riesgo de que fuera mal podía echar por tierra todo por lo que había trabajado muy duro en los últimos años.

«Si no sabes qué hacer, mejor no hagas nada. Relájate y descansa». Eran palabras de mi abuelo cuando sucedía algún imprevisto para el que no tenía una solución a la mano. Y se sentaba en su silla, bajo la galería a fumar una pipa. Yo era pequeño y me desesperaba aquella aparente apatía. Lo atribuía a su sangre india fatalista e indolente que no lo hacía avanzar como a los gringos del otro lado de la frontera. Ahora comprendía que o yo también tenía la misma sangre y eso no lo cambia el vivir en otro país, o mi abuelo tenía razón.

No era justo que Patrizia, Vicky y el Crowford abusaran de su posición.

«Ya deberías haber aprendido que es así y nada se puede hacer», pensé y me bebí otra cerveza mientras degustaba la pizza.

Estaba muy ensimismado en mis pensamientos cuando me pareció ver a alguien que me saludaba levantando la mano, dos mesas más allá de la mía. Primero creí que estaba llamando al camarero. Miré hacia atrás y no había nadie. Me señalé con el dedo para saber si se refería a mí y asintió con la cabeza. Entonces me di cuenta que era uno de los chicos del estudio de grabación. Lo saludé también mientras pensaba que me hubiese venido bien hablar con alguien que estuviese de mi lado, pero estaba acompañado por una chava muy linda. Sin embargo, el chico se levantó y se dirigió hacia mi mesa.

–¿Qué hay Chío, te acuerdas de mí?

–Pues claro, trabajas en el estudio de Ernesto y José Luis, aunque no sé tu nombre –contesté poniéndome de pie.

–Soy Joan y hago la edición final y enlatado de los vídeos. A veces también los llevo al canal.

–Un gusto, Joan. Eres español, ¿verdad?

–Sí, de Barcelona. Hace un par de años que estoy aquí y según parece, me quedaré. –dijo señalando a la jovencita con la que estaba.

–Es muy guapa. ¡Felicidades!

–Gracias.

–Según parece somos todos latinos… –dejé caer más como reflexión personal que como otra cosa.

–Bueno, es que la mayoría de programas que hacemos son en español y para la comunidad latina…

–Sí, se entiende, aunque yo solo hago un micro para uno y no por mucho tiempo más.

–De eso quería hablarte. No sé si te lo habrá dicho Ernesto o José Luis o te lo dirán en estos días… –le hice señas de que se sentara.

–Es solo un segundo. Nada más ponerte sobre aviso. Mi novia está poniendo cara de aburrida.

–Si quieres hablamos otro día…

–Mejor te lo digo ahora. Ya hace tiempo que no sale la publicidad de tu *garden* en el programa. Es más, creo que la pusieron solo dos veces desde que hiciste el acuerdo…

–¿Ninguna publicidad?

–Solo sales en los títulos y la presentación de tu micro también la hacen cortar.

Meneé la cabeza sin entender nada.

–Pero, ¿por qué?

–Siempre se van de tiempo…

–¿Por qué no quitan otra cosa?

–No lo sé. A mí me toca hacer que todo el programa entre en los tiempos estipulados. De lo contrario el canal nos sanciona. Las primeras veces la excusa fue que era más sencillo cortar lo que iba al final. Yo seguía poniendo todo el micro más las presentaciones, pero me ordenaron que no las volviese a poner.

–¿Quién?

–Patrizia, pero por favor no le digas que te lo dije…

–Tranquilo. ¿Ernesto y José Luis lo saben?

–Sí, se los he dicho, pero creo que no pueden hacer nada, la dueña del programa es ella y decide lo que entra y lo que no.

–Muchas gracias por decírmelo, te debo una.

–De nada. Me molesta mucho la gente que se aprovecha de los demás. Y, ahora me voy con mi novia. Nos acaban de traer la pasta y se enfriará.

Me quedé paralizado. Aunque todavía restaba un buen trozo de pizza en el plato ya no me apetecía comer. Pagué la cuenta y salí a la calle. Di varias vueltas antes de dirigirme a la furgoneta, me sentía como un pollo sin cabeza. Aquella noche dormí muy mal. A pesar de las cervezas y el tequila o, debido a ellos, mi cabeza no paraba de imaginar formas de vengarme de Patrizia Bargas. Desde arruinarle el programa presentándome en la grabación hasta boicotearle los vestidos para que pareciera más ridícula de lo que era o denunciarla en el próximo vídeo. «Total, ni los miran», pensé.

A la mañana siguiente me costó salir de la cama. Me hubiese quedado allí todo el día. Me dolía la cabeza, tenía la boca seca y pastosa y, una espantosa lasitud en todo el cuerpo. –Traes una buena «cruda[14]», Chio, pero sin fiesta –me dije frente al espejo.

No podía dejar el *garden* cerrado. Era sábado. Uno de los días de más venta y además, tenía varios encargos que vendrían a buscar. Me preparé un café bien cargado y me di una ducha casi fría. Cuando salí a la calle ya estaba bastante recuperado. Llegué justo a la hora de abrir y por suerte no había clientes esperando. Miré el cielo, no lo

---

[14] Cruda: Resaca.

había hecho hasta ese momento. Los nubarrones negros que avanzaban muy rápido presagiaban uno de esos chubascos intensos y cortos. No me equivoqué. Mientras preparaba la caja registradora y ordenaba un poco, las gotas comenzaron a estrellarse contra la superficie del estanque. Aunque en Los Ángeles no llueve mucho, me gusta aprovechar el agua del cielo para aprovisionar mis cisternas de riego. Para ello, los invernaderos poseen un sistema de colección con canaletas. Antes que se viniese la tromba, decidí revisar que estuviesen despejadas de hojas para que no rebalsasen. Cuando entré al invernáculo de las plantas de interior me pareció notar algo extraño, pero ocupado en verificar los desagües, no presté demasiada atención. Volví a la oficina. Justo delante tengo un cantero con plantas aromáticas. Lo coloqué allí porque en general los clientes recuerdan que deben aprovisionarse de menta, albahaca, romero u orégano cuando han acabado de hacer la compra. Siempre tengo entre ellas unas cuantas rudas macho. Las suelen comprar las clientes latinas y, como decía mi abuela «la ruda es más efectiva si se roba». Así, teniéndolas frente al mostrador, evito que se lleven un trozo sin pagar.

Me sorprendí al ver que tenían las hojas lacias, como si les faltase agua. Metí el dedo en las macetas para comprobarlo y, no, estaban bien regadas. Levanté una planta, le retiré el tiesto y observé las raíces. No había signos de podredumbre o desecación. Una sensación de inquietud se me instaló en el estómago. Yo mismo les contestaba a mis clientes cuando me preguntaban por qué se les moría la ruda: «debe haber energía negativa en su casa, envidia o una bruja haciendo daño». De inmediato pensé en Patrizia. «También puede ser por tu propia negatividad de los últimos días», pensé mientras las retiraba del cantero y las lanzaba al cubo de la basura. Mi abuela siempre decía que cuando se marchitaba una ruda no era conveniente intentar reanimarla. «Absorben lo malo y el daño se queda en la planta», repetía siempre.

Llovió más de lo esperado y para un negocio de plantas naturales es muy malo. Solo entraron tres o cuatro compradores, más los que vinieron a buscar los encargos. El cielo se había quedado encapotado y la caja registradora, semivacía. Me entretuve acomodando el pedido que había hecho a Greenpack y controlando las cantidades y precios con el albarán. Lo hacía por costumbre ya que nunca había tenido ningún faltante. Cuando acabé me encontré que sobraban dos cajas. En el papel no había ninguna referencia al respecto. Las abrí. En una había un expositor de mesa y en la otra un muestrario de nuevos abonos ecológicos. Dentro de la segunda caja había una nota con las cantidades y precios más una leyenda: «el contenido es cortesía de Greenpack para Chío Malpigia Garden». Me alegró el día. Es cierto que esas promociones ayudan a introducir un producto en el mercado, pero también es real que los distribuidores cuentan con un número limitado de ellas. Y suelen entregarlas a sus mejores clientes.

—¡Chío wey! —casi grité apretando los puños.

Siempre he intentado ser optimista a pesar de los contratiempos y pesares, que no han sido pocos. «Mañana será mejor», pensé mientras cerraba el portón. Siempre ha sido así.

El domingo por la mañana amaneció despejado y yo con mucha energía. Me duché, me afeité y me perfumé con mi colonia favorita. Para homenajearme me preparé unos huevos rancheros, como no tenía salsa de tomate utilicé kétchup y quedaron igual de buenos. Cuando llegué al *garden* ya había varios coches esperando a que abriera. No paré de atender clientes en casi toda la mañana.

—Estoy buscando un poto que sea bien bonito —escuché que decía una voz femenina mientras yo retiraba unos cuantos billetes de la registradora. Cuando levanté la vista, quedé impactado. Era morena, de ojos verdes y tenía un cabello espectacular. Y por el acento era mexicana. No es que me gusten en particular las mujeres de mi tierra, pero hay que reconocer que el mestizaje ha producido bellezas impresionantes.

–Hay muchos en el primer invernadero –le contesté intentando no derretirme.

–Los he visto, pero están como comidos.

No podía ser. Yo mismo los había elegido uno por uno en el cultivo: los de hojas más grandes y variegadas, con las guías más largas…

–Vamos a verlos, hasta ayer estaban perfectos –le dije saliendo de detrás del mostrador. Le hice señas caballerosas de que fuera por delante de mí. La verdad es que quería ver la figura que tenía y la forma en que caminaba. No me decepcionó en lo más mínimo. ¡Era perfecta!

Entramos al invernadero y, todo el entusiasmo por la belleza de la chica se me fue a los talones. ¡Los potos no tenían casi hojas! Estaban cortadas por el pecíolo como con una tijera. En ese instante comprendí la sensación del día anterior. Había notado algo extraño y al estar ocupado en otra cosa no me había dado cuenta de lo que era. Observé con detenimiento alrededor de las plantas. No había restos de hojas. ¿Un acto vandálico? No tenía sentido.

–Quizás hayan sido orugas –dije poco convencido.

–Deberían ser enormes –comentó la muchacha y tenía razón. En general las orugas no comen toda la hoja, dejan restos y excrementos negros en los tallos por donde han trepado.

–Lo siento. Investigaré qué ha pasado, pero por lo visto no puedo ofrecerte ninguno en condiciones.

–¿Volverás a tener nuevos en estos días? No tengo prisa. Me he cambiado de apartamento y me apetecía tener un *epiprenmum variegata*.

«¡Qué padre!», pensé. Aquella chica sabía, además, de clasificación de plantas o quizás lo había leído en una revista de decoración.

–*Scindapsus* –rectifiqué.

–Sí, también. La clasificación más antigua los tiene como

scindapsus. Ahora los han puesto dentro de los *epiprenmum*. La diferencia entre una y otra está en las semillas.
—Nunca he visto uno con semillas —dije.
—Yo tampoco y creo que no los vamos a ver salvo que nos vayamos a alguna selva de Asia.
Nos sonreímos.
—¿Cómo es que sabes tanto de plantas? —pregunté mientras volvíamos al mostrador.
—Siempre me han gustado. Por eso estudié arquitectura del paisaje.
—¿En México?
—No, Berkeley.
—¿Pero vives en San Francisco? —no me cuadraba. Los Ángeles está a casi cuatrocientas millas de San Francisco, unos seiscientos kilómetros.
—Me he mudado aquí hace unas semanas. Acabé mis estudios y he venido a ver si logro hacerme un hueco en el mundo del diseño de jardines.
«Yo me hubiese quedado en San Francisco», pensé, pero no dije nada.
—No sé si vives cerca o estabas de paso, pero si me dejas tu número de teléfono te envío un mensaje cuando tenga potos nuevos en condiciones. —Como forma de conseguir su celular, no estaba mal, aunque no lo hubiese hecho de manera premeditada.
—Vivo bastante cerca, en el Rampart boulevard… Así que puedo llegarme en unos días y aprovecho para pasear por tu *garden* que, por cierto, ¡está muy bien diseñado! ¿Quién lo planificó?
—Yo mismo —me apresuré a contestar.
—¡Felicidades! Tienes muy buen gusto.
Me había fallado lo de que me diera el teléfono, pero si volvía…
Durante unos minutos quedé como suspendido en el aire. Además de bonita, aquella chica era simpática y agradable. Cuando volví a centrarme recordé las hojas comidas. Debía averiguar de qué se trataba…

–¿Rampart Boulevard? –pregunté en voz alta–. ¿Me ha dicho que vive en el Rampart Boulevard?
Cuando la escuché hablar pensé que tenía acento mexicano y, Rampart Village es una zona bastante prohibitiva para alquilar un apartamento. No solo se trata del precio, sino que no suelen querer latinos salvo que demuestren tener un muy buen crédito. Casi todos los mexicanos vivimos en Los Ángeles Este, al otro lado del río. Allí siempre hay una mano amiga dispuesta ayudarte cuando tienes un problema.
«O no es mexicana o, su familia tiene mucho dinero», pensé.
–Los potos, Chío, los potos –me dije para que mi cabeza volviera a la realidad.
No eran orugas, eso estaba muy claro. Habían cortado las hojas y se las habían llevado. No había ningún rastro. Recorrí todo el invernadero buscando pistas, pero no encontré nada anormal. Tampoco parecía que el resto de plantas hubiese sufrido un ataque similar. Estaba a punto de darme por vencido cuando vi en el suelo una pequeña bolita de color negro. Era algo alargada como un excremento ¡de rata! Se me erizaron todos los pelos del cuerpo. ¿Habían sido roedores? Les tengo asco, repulsión y en cierto sentido, miedo. Quizás sea debido a que mi abuela siempre decía que cuando hay proliferación de ratas, es que hay maldad y traición. Recordé la invasión de roedores en los cultivos de cactus y suculentas de mi abuelo luego que lo estafaran. Fue el principio del fin. Nunca se recuperó del golpe y murió a los pocos meses.
«Tenía razón la abuela. Descubro la traición de Patrizia y de pronto se mueren las rudas sin razón y aparecen ratas cuando nunca hubo», pensé y un escalofrío me recorrió la espalda. Aun así, tenía mis dudas. ¿Por qué solo una variedad de planta? De pronto recordé las cámaras que había instalado en distintos puntos del *garden* para tener un control desde la oficina. Nunca las había conectado y hasta me había parecido una inversión inútil. Solo tenía que

enchufarlas a la red y conectarlas al computador. El problema residía en que no eran de visión nocturna, pero podía dejar las luces encendidas al menos una noche. Tuve que reorientar las del invernadero de plantas de interior para que captaran la zona de los potos. Probé el sistema y me felicité por la buena idea que había tenido. Funcionaban de maravilla.

Durante los días de semana, la mayoría de viveros de Los Ángeles no cierran a mediodía. Yo hice lo mismo los primeros meses. Pronto descubrí que lo mejor era hacer horario partido en días laborables y continuado los fines de semana. Al no vivir en el mismo sitio de mi negocio adecué la oficina para conseguir que tuviese un pequeño privado con una nevera, una cocina de camping, un microondas y un pequeño fregadero para los platos. Los sábados al mediodía solía prepararme unos nachos con queso y los domingos, dependiendo de la cantidad de clientes, unas enchiladas o unos tacos. Era la manera de agradecerme a mí mismo el hecho de trabajar siete días a la semana.

Aquel domingo tenía unos nachos, un aguacate maduro, unos tomates y cebolla. Dejé las cámaras funcionando, preparé un guacamole y calenté los nachos. Como siempre, a eso de las dos de la tarde, el negocio estaba desierto. Era raro que entrase algún cliente a esas horas. Me llevé un bol con la crema y los nachos y una cerveza fría al mostrador. Me senté delante de la computadora y me dediqué a observar las imágenes de las cámaras mientras utilizaba los nachos como cuchara para comerme el guacamole. Estaba muy rico porque el aguacate tenía muy buen sabor y la pulpa era como mantequilla. De pronto me pareció ver algo que se movía en la imagen de la cámara que había apuntado a los potos. Observé con detenimiento, pero no vi nada. «Habrá sido la brisa o que te estás obsesionando», pensé. Decidí centrarme en comer mientras miraba hacia el boulevard. Casi no pasaban autos.

–Todos están como tú, comiendo –dije. «Cuando la situación económica mejore voy a cerrar los fines de semana por la tarde», pensé aún a sabiendas de que probablemente no lo haría. Y otra vez me pareció ver movimiento en la cámara de los potos. Ahora no podía ser obsesión porque estaba pensando en otra cosa, así que decidí concentrarme en la imagen. Entonces las vi. Eran varias, dos muy grandes y el resto más pequeñas. Trepaban por los tutores de los potos de hoja gigante e incluso caminaban por los alambres de los que pendían los colgantes. «Ratas equilibristas», pensé. Pero, ¿a plena luz? Yo tenía entendido que son de hábitos nocturnos, salvo que la población sea tan grande que se vean obligadas a salir a buscar comida durante el día. Me estremecí y desconecté las cámaras. Nada iba impedirme disfrutar de mis nachos con guacamole.

Antes de irme a casa recordé que tenía un expositor con veneno para roedores. Lo había comprado cuando inauguré, por si alguien lo pedía. No había vendido ni uno, señal de que nadie tenía los problemas que yo había comenzado a padecer. Miré las fechas de caducidad. Todavía estaban vigentes. Eran unos bloques de parafina que según el prospecto eliminaban las ratas con una sola ingesta. No estaba muy seguro que fuesen efectivas ante tanta cantidad. De todos modos, abrí los blísteres y esparcí el contenido en la zona donde había visto a los bichos a través de las cámaras.

Aquella noche, mientras cenaba en mi apartamento intenté recordar el rostro de la chica que había ido por un poto, pero lo único que vino a mi cabeza fue la imagen de las ratas paseándose por mi garden y las jugarretas de Patrizia Bargas. También fue recurrente el recuerdo de mi abuelo y sus enseñanzas.

Medio desperté cuando todavía era de noche. O quizás soñé que me despertaba porque alguien o algo me pellizcaba o mordía un dedo del pie. Instintivamente agité la ropa de cama y encogí las piernas. ¿Estaba en casa de mis abuelos? Allí las ratas por la noche eran muy temerarias y se atrevían a morderte.

–Fui yo para ver si estabas atento –¡Era la voz de mi abuelo! Quise hablar, pero las palabras no me salían, solo un sonido gutural. Quería preguntarle qué hacía allí, cómo había llegado y recordé que estaba muerto.

¿Yo también habría muerto?

–Recuerda que llevas en tus venas sangre náhuatl, sangre poderosa. Siempre debes estar alerta. –Yo miraba la oscuridad intentando orientarme e incapaz de moverme.

–Aléjate de las brujas –continuó con voz tranquila–. Ya sabes que pueden convertirse en pájaros nocturnos que te chupan la sangre y en alimañas que te envenenan el entendimiento. ¡Eres Kawoq, no lo olvides! Estás expuesto a las traiciones... ¡Ten cuidado hijo!

De pronto me vi subiendo una escalera de piedra. Los peldaños eran muy altos y mis piernas cortas. Debía llegar a tiempo, pero la escalera bajaba y continuaba por un túnel sinuoso, apenas iluminado. En un recodo vi el cielo azul y un campo verde por el que caminaba un hombre viejo. Estaba de espaldas, pero aun así lo reconocí como mi hueyitata[15]. Quise alcanzarlo y ya que no podía hablar, al menos abrazarlo. Hice un esfuerzo enorme y cuando creí que lo conseguiría, abracé el aire. Había desaparecido y con él, el cielo azul y el prado verde. Me encontré otra vez en el túnel, angustiado.

Me despertaron de verdad mis propios gritos. Encendí la luz. Tenía la garganta tan reseca que la lengua se me pegaba al paladar. Fui hasta la cocina y me eché una cheve de Hidalgo[16]. Me sentí tan cansado que apenas pude volver al dormitorio arrastrando los pies. Me senté al borde de la cama y traté de ordenar mis pensamientos. Sin dudas había sido una pesadilla producto de recordar durante la cena a mi abuelo y sus dichos. Lo de las brujas podía

---

[15] Hueyitata: Abuelo en lengua Náhuatl.

[16] Echarse una cheve de Hidalgo: Beberse una cerveza de golpe.

asimilarse a la extraña sensación que me producían las reuniones en casa de Patrizia.

Estaba alterado por el sueño. De pequeño me habían enseñado que todos tienen un significado. Sin embargo, al analizarlo de manera lógica, comencé a tranquilizarme.

Miré el reloj. Eran las dos de la madrugada y todavía podía dormir seis horas más.

«¡Qué bien! », pensé y me dispuse a acostarme nuevamente.

Aunque lo había visto de espaldas, me reconfortó el haber soñado con el hueyitata. Había sido como un padre para mí. Mejor dicho, había sido lo único parecido a un padre que había tenido y hacía muchos años que ni siquiera me acordaba de él.

Apagué la luz y volví a encenderla inmediatamente.

—¿Kawoq? —pregunté en voz alta. Recordé que mi abuela siempre andaba con lo de los nahuales. Era una curandera y bruja buena, muy reconocida en la comunidad. Los viernes la gente hacía cola para consultarla. Las madres venían de muy lejos con sus hijos pequeños, las muchachas embarazadas la buscaban como comadrona o para abortar hijos de una violación o una noche de juerga. Los viejos temblorosos le imploraban magia para sus cuerpos maltrechos... Y la abuela tenía, para todos, una explicación, un conjuro o unas hierbas. A mí me gustaba esconderme en el sótano, bajo las tablas de la sala que oficiaba de consultorio para escucharla. Yo la admiraba y durante una época soñé con liderar a los indígenas para mejorar su precaria situación.

—¿Kawoq? —volví a preguntar. Era extraño que en el sueño lo hubiese mencionado el abuelo ya que nunca lo había visto prestar atención a esos temas. Salí de la cama y fui hasta la computadora. Busqué nahual en internet y encontré una página que permite calcular tu nahual en función de la fecha de nacimiento. Introduje la mía y me quedé de piedra. Mi nahual maya es Kawoq: tortuga. Volví a la cocina y me bebí otra cerveza. Me estiré en el sofá y me quedé aletargado, como buena tortuga que soy.

VI

El lunes por la mañana fui a ver a Francisco, un vecino que vive en mi misma calle y trabaja en una empresa de control de plagas. Necesitaba una opinión profesional respecto a la invasión de ratas.

–Con esos bloques no harás nada –fue su tajante veridicto–. Son para cuando tienes una laucha en tu casa. Las ratas son muy inteligentes. Cuando muere una, las demás dejan de comer ese cebo.

–¿Y cuál sería la solución? –pregunté ya nervioso. Francisco se metió en su camioneta y comenzó a rebuscar en cajas. Cuando abrió las puertas posteriores salió tal olor a químico que se me ocurrió que aquel vehículo permanecería esterilizado por los siglos de los siglos. Al cabo de unos minutos descendió con un frasco marrón y una jeringa.

–Aquí tienes. Compra naranjas muy maduras, les inyectas este líquido y las dejas donde puedan olerlas. Ponte guantes para que no desconfíen –debo haber puesto cara de incrédulo porque Francisco se puso serio, se quitó la gorra y se rascó la cabeza.

–¿Quieres eliminarlas o no? –preguntó molesto.

–Sí, por supuesto –me apresuré a contestar.

–Entonces… –y me alargó el frasco y la jeringa–. Por sobre todo asegúrate de retirar los restos de fruta cada mañana y de limpiar todo. Es un anticoagulante muy potente. Las ratas no se enteran porque les provoca una hemorragia interna y se van muriendo como de muerte natural... Me dio un poco de pena. Después de todo son animales como nosotros y no me molesta que vivan en el campo, pero no podía permitir que hicieran de mi *garden* su hábitat natural.

–¿Qué te debo? –pregunté agarrando el frasco con dos dedos.

–Nada, compadre. Yo odio a esos bichos más que tú.

Volví a mi apartamento sosteniendo el frasco con los mismos dos dedos. Estaba pringoso y la etiqueta casi borrada. Lo metí en una bolsa junto con la jeringa y me lavé las manos muy bien. Abrí la nevera en busca de naranjas. No tenía y se me hacía tarde para abrir el negocio. Compraría por la tarde.

Al llegar lo primero que hice fue ir a ver qué había pasado con los bloques de parafina. ¡Ni rastros! Lo que sí encontré fueron excrementos con pintas de color fucsia que era el color del veneno. Si las mataría o no, no lo sabía, pero era evidente que se lo habían comido. Conecté la manguera de riego y lavé todo el invernadero a presión. Al enrollarla recordé que yo tenía todavía unos cuantos arbolitos de kumquat y calamondín[17] cargados de fruta. Quizás podría probar a inyectar alguno de sus frutos con el veneno. No era plan arrancarlos de la planta porque era lo que llamaba la atención de los clientes, pero se caían cuando estaban muy maduros. En el suelo no había ninguno, solo algunos trozos de piel diseminados aquí y allá. Los árboles, que días atrás estaban cargadísimos, estaban casi vacíos de fruta. En ese estado no los vendería.

–¡Hijas de puta! –grité con rabia y comencé a arrancar toda la fruta que quedaba.

Comenzó a sonar el celular. Era de Greenpack. Con tanto

---

¹⁷ Kumquat y Calamondín: Cítricos de porte pequeño utilizados a menudo como ornamentales.

jaleo había olvidado el compromiso de llamarlos para confirmar o desechar la publicidad. Tampoco había decidido qué hacer con respecto a los vídeos y al programa o de qué manera hacerle saber a Patrizia y sus secuaces que estaba enterado del engaño y la estafa.

No contesté, había entrado como en una vorágine en la que me costaba razonar.

«Demasiados problemas juntos», pensé y añoré el tener alguien con quién hablar.

Los Ángeles parece, a nivel turístico, una ciudad muy *friendly*, pero la realidad es que no resulta sencillo hacer amigos. Los latinos solemos relacionarnos entre nosotros, nos ayudamos en lo que podemos. Compartimos una cerveza, una charla y hasta nuestra comida. Sin embargo, siempre hay una especie de recelo, algo que impone distancia. Puede que sea el pasado. La mayoría hemos padecido bastante al emigrar y todavía muchos siguen viviendo y trabajando al margen de la legalidad. Eso hace que siempre estemos en alerta y evitemos hablar de temas personales. Los americanos nativos suelen hacer amigos entre quienes comparten sus aficiones, su trabajo o los estudios, pero son bastante intransigentes a la hora de intimar con inmigrantes. Y la soledad suele ser una carga agregada.

Di una vuelta por el negocio antes de abrir. «El único que sabe lo de las ratas eres tú, Chío», pensé. No debía obsesionarme, aunque sí establecer prioridades para volver a la normalidad. Busqué unas hojas de papel de la impresora y una pluma y los dejé sobre el mostrador. Luego abrí el portón de entrada. Mientras no hubiese clientes podía ordenarme.

En primer lugar, debía eliminar la plaga de ratas. Ya que les gustaban los kumquats y calamondines, los inocularía con el veneno y los dejaría por la noche cerca de los potos. Francisco me había recomendado que utilizara guantes para que la fruta no oliera a «humano». También insistió en que no colocara mucha cantidad cada día.

Según él me daría cuenta que poco a poco comerían menos y al cabo de una semana toda la colonia estaría muerta.

Luego estaba el tema de Greenpack. En resumen, «las viejas comemierda» habían aceptado que auspiciara mi espacio. El único problema era que yo no vería un dólar y que, además, me estaban estafando no colocando la publicidad de mi negocio, ni siquiera la que habíamos pactado por decorar el plató con plantas…

No pude continuar con el análisis. La rabia me subía desde el estómago hasta la cara y me quemaba la piel. No tenía un contrato firmado con Patrizia, por lo que no podía reclamar legalmente y, de exigirle uno, con seguridad me lo negaría. Lo único que podía hacer de momento era llamar a Greenpack, hacer que me auspiciasen y buscar una excusa para no seguir llevando plantas los jueves a la grabación del programa.

Tuve una afluencia bastante inusual de clientes para un lunes. Entre atender, cobrar y platicar sobre cuidados y ubicaciones, se me fue toda la mañana y me olvidé de mis problemas. Por la tarde continuó el goteo incesante de personas y hasta llegó un momento en que me sentí alegre y confiado como lo había estado hacía tan solo unas semanas atrás. Logré hacer la llamada a Greenpack y dejé el recado a la telefonista. El gerente estaba en una reunión. Me sentí aliviado porque hubiese odiado tener que hablar con él personalmente como si fuese parte del staff del programa. Además, incentivar a que invirtiesen su dinero con gente de la calaña de Patrizia Bargas, no me apetecía en absoluto. Solo dije que la producción había aceptado esponsorizar solo mi micro y no había faltado a la verdad.

Antes de irme inoculé la fruta con el veneno y la coloqué en lugares que me parecieron estratégicos.

Aquella noche me costó mucho organizar la grabación para el día siguiente. Por una parte, no quería fallarle a la empresa que comenzaría a apoyarme y por la otra algo dentro de mí generaba una gran resistencia a seguir adelante con el programa. Finalmente decidí hablar sobre cactus y suculentas. Era un tema que conocía de pequeño, mi rincón de cactus era muy lindo y tenía un buen stock para vender. Si hasta podía recitar los nombres por orden alfabético… *«adenium, adromischus, aeonium, ágave, aloe…»*

Antes de irme a dormir fui a por la botella de tequila. «La soledad es muy dura», pensé. «Y la indefensión es peor». Nunca pensé que a las ratas les gustase tanto la fruta. Mi compadre Francisco tenía mucha razón. En un par de días liquidé el stock de calamondines y tuve que ir a comprar naranjas. El martes grabé el vídeo para el programa y le advertí a José Luis que el jueves no llevaría plantas al estudio. Puse una excusa tonta: «que había quedado con un cliente para ir a ver su jardín». No le comenté nada sobre la publicidad ni sobre lo que me había dicho Joan respecto a que quitaban lo que habíamos acordado. No sabía cuánta implicación tenían él y su hermano. Él tampoco me dijo nada, aunque se lo veía menos conversador. Compré rudas nuevas y potos todavía más bonitos que los anteriores. Les busqué una ubicación donde las ratas no pudiesen atacarlos. Y no lo hicieron. Justo una semana después de haber comenzado con el veneno empecé a encontrar las naranjas enteras y las ratas muertas. Cada mañana levantaba una media docena de cadáveres y debía revisar muy bien porque aparecían por todas partes.

Al martes siguiente volví a grabar y a poner otra excusa para el jueves. Ya comenzó a darme igual lo que hicieran las brujas. El viernes descubrí dónde tenían su nido las malditas ratas. Yo había amontonado unos troncos que había cortado cuando inicié la construcción del vivero. Pensaba en utilizarlos como decoración ya que tenían una bonita corteza. Eran árboles secos que estaban en el terreno, seguramente álamos por el poco peso que tenía la madera.

Por alguna razón se me ocurrió cambiarlos de sitio y limpiar. ¡Comenzaron a brotar crías de ratas como si fuese una cascada! Eran pequeñitas, casi recién nacidas y de seguro tenían hambre porque era evidente que los adultos habían muerto. Me dio tanta pena como asco. Hice de tripas corazón y las maté a todas.

—¡Hola Chío, buenos días! ¿Cómo estás?

Yo estaba de espaldas. La voz me sonó familiar, pero lo que menos me podía imaginar era que fuese ella. Supongo que se me quedó la mandíbula colgando cuando me di la vuelta y la vi. Todavía me pareció mucho más bonita que la vez anterior. Quise decir algo, no sé. Una frase original en inglés que fuese cordial, amable y al mismo tiempo que le hiciese saber mi interés y mi alegría por volver a verla.

—¡Achis! ¡Axcale![18] —fue todo lo que me salió después de quedarme mudo unos instantes.

—Vengo a por mi *epiprenmum variegata*. Si es que ya tienes alguno en condiciones —dijo con una sonrisa y obviando mi poca delicadeza.

—*Scindapsus* —corregí con ánimos de seguir la broma. Su trato era muy cercano lo cual ya era raro, pero además sus ojos chispeaban al hablar. Me sentía como si la conociera de toda la vida.

—He traído algunos ejemplares muy lindos y quisiera pedirte disculpas por la decepción de la otra vez. Realmente no esperaba que volvieras…

—¿Por qué? Fue una coincidencia, tienes unas plantas muy bien cuidadas. Se nota que te gusta lo que haces.

—Sí, creo que lo llevo en la sangre. Mi abuelo cultivaba cactus y suculentas en México.

—Por cierto, ¿has encontrado las orugas que se comían las hojas? Si te digo la verdad me quedé pensando qué bicho podría hacer semejante estrago.

---

[18] Achis y áxcale: México. Interjecciones coloquiales que demuestran sorpresa.

–No te lo vas a creer. ¡No eran orugas!

–Y... ¿Qué era?

–Ratas. –Lo dije y esperé a ver la cara de asco, miedo o aprensión.

–¿Ratas? ¡Míralas tú a las señoras! ¡Qué paladar tan fino tienen!

Me quedé perplejo. Por supuesto que obvié explicarle que las había exterminado y más aún comentarle lo de la cascada de ratas bebé saliendo de entre los troncos.

–Tú sabes mi nombre, pero yo no conozco el tuyo –dije mientras nos dirigíamos al invernadero de las plantas de interior.

–Ericka. Mi nombre es Ericka, como la planta. Soy un brezo...

–Y yo, Chío Malpigia, como el acerolo[19]... Los dos somos plantas.

Reímos de buena gana. En mi caso sirvió para aliviar la tensión que ni siquiera sabía de dónde provenía.

Me permití sugerirle el poto que me pareció más fuerte y lozano, aunque todos estaban muy lindos. Éste en particular poseía hojas grandes a pesar de ser colgante y un jaspeado de amarillo y blanco que le daba un toque muy elegante.

Cuando volvimos al mostrador comencé a envolverlo para regalo.

–No voy a regalarlo. Es para mí –dijo Ericka.

–Yo sí voy a regalarlo. –Contesté.

Ladeó la cabeza y me miró con curiosidad desde sus ojos verdes.

–Como compensación por haber venido dos veces, en agradecimiento por haber vuelto y... porque tengo ganas de hacerte un regalo.

–¡Muchas gracias! Pero...

---

[19] Acerolo: Nombre vulgar de Malpighia emarginata: Árbol abundante en Centroamérica que   produce un fruto comestible semejante a una cereza o una manzana en miniatura.

—Es solo un regalo sin ningún tipo de segundas intenciones. Pocas veces me encuentro con alguien que tenga pasión por la naturaleza. Es agradable… —me apresuré a agregar.

—Entonces lo acepto. También me resulta agradable venir por aquí. Tu *garden* tiene muy buena energía…

«Piensas eso porque no has visto morirse las rudas y a las ratas hacer de las suyas», pensé colgando en mi cara una sonrisa apacible.

El poto ya estaba envuelto. Me pasé un buen rato haciendo un moño que, a todas luces, era innecesario. Entonces me di cuenta que lo que buscaba era retenerla. No sabía por qué. Bueno, en primer lugar, me parecía tan linda que hasta evitaba mirarla de manera directa. También había una cierta química más allá del aspecto físico. Ericka era de esas personas que te hacen sentir cómodo y tenso a la vez.

A ambos nos llamó la atención cuando entró en el negocio aquella pareja tan despareja. Él, si no media dos metros veinte de altura le debían faltar un par de centimetros, ella parecía un juguete a su lado. Era muy bonita y proporcionada, pero a pequeña escala.

Él negro, ella rubia. Con seguridad no pasaban desapercibidos en ningún sitio.

Por cómo vestían se notaba que habían logrado su particular «sueño americano».

—Quisiéramos saber si aquí diseñan jardines —soltó el hombre sin siquiera saludar y como si hubiese estado masticando la pregunta por un largo tiempo. La mujer se quedó un poco más atrás y cruzó los brazos. Yo olí a disputa matrimonial y lo que menos deseaba era que aquel hombre enorme fuese a descargar su rabia en mi negocio. Abrí la boca para decir que no. Y era verdad. Yo no diseñaba jardines. Podía dar ideas, sugerir plantas para distintas orientaciones o aconsejar en caso de plagas y enfermedades, pero diseñar un espacio verde… Solo lo había hecho con mi *garden* y mi buen trabajo me había costado.

También era cierto que había plantado muchas plantas en mis diez años como jardinero, pero un proyecto desde cero era otra cosa.

—¡Hola! Soy Ericka Lambert y soy paisajista. A ver si podemos ayudaros… dijo tomándole la enorme mano al negro y estrechándosela. Luego fue hasta la mujer rezagada y le dio dos besos en las mejillas, la tomó por los hombros y la acercó al mostrador.

Me quedé atónito. Y debo decirlo, en cierto modo me molestó la frase: «a ver si podemos ayudaros». Quizás estaba demasiado acostumbrado a que todo el mundo sacara partido de mí.

—¿Es un jardín nuevo o hay que rediseñar uno antiguo? —preguntó con voz conciliadora y noté cómo el moreno se distendía. La mujer puso cara de «te lo dije que era el lugar indicado», y sonrió.

—En realidad buscamos un diseño para nuestra nueva casa y, si nos gusta, para otras… —dijo el hombre extendiéndome la mano.

—Soy Patrick Kidd, exjugador de Los Ángeles Lakers y ella es mi esposa Davinia.

—Chío Malpigia, un gusto de conocerlos.

No soy muy fan del baloncesto, prefiero el fútbol, pero el nombre me sonaba.

—Tenemos una empresa que se dedica a alquilar casas de lujo y los jardines deben tener un diseño acorde —dijo la mujer y el marido le dedicó una mirada de reproche. Quizás él no quería enseñar todas las cartas hasta no estar seguro de que éramos de fiar. Suele suceder que muchos jardineros suben el precio cuando ven que sus clientes tienen un buen poder adquisitivo. Era comprensible su reticencia. Sin embargo, la simpatía de Ericka rompió pronto todas las barreras. La conversación se prolongó durante más de una hora. Entraron clientes, los atendí; Ericka se encargó de seguir con la plática. Volví, me pidió opinión, entraron más clientes…

Para cuando se fueron, la relación parecía más de amistad

que de negocios. Ericka había acordado día y hora para ir a ver la casa. Se la veía exultante.

–¡Sí! –exclamó dando un pequeño salto y girando sobre sí misma. Un instante después se puso seria.

–Te pido perdón por haberme entrometido en tu negocio sin consultarte…

–No hay problema. Me alegra que hayas podido encontrar un posible cliente. –Contesté.

–Hayamos –corrigió–. Si logramos que nos dé el trabajo, yo haré el diseño, pero las plantas saldrán de aquí.

Me pareció una buena idea. Era un servicio más que podía ofrecer a mis clientes, aunque no sabía que tal trabajaba ella.

–¡Bien! Creo que una oportunidad como la de hoy hay que festejarla. Te invito a unas pizzas y no acepto un no por respuesta. Puedes llevar a tu novia o pareja. Yo iré con la mía que acaba de llegar de San Francisco –dijo sin darme tiempo a reaccionar. Quedamos a la ocho de la noche en una pizzería que yo ya conocía. Buen producto y ambiente divertido.

Me enfrentaba al problema de que si Ericka iría con su pareja y, yo solo, parecería el tercero en discordia. Yo no tenía novia ni pareja. Lo más parecido a una relación sentimental era Lupita, una chica del barrio con la que estuve saliendo unos cuantos meses. Una chava muy buena, dulce y bonita, pero yo siempre estaba trabajando, luchando por mis sueños y no le presté la atención que merecía. Continuábamos saliendo de tanto en tanto, como amigos íntimos, pero yo notaba que estaba triste. No tenía la misma cara de felicidad que al principio. Decidí llamarla para ir a comer pizza. Quizás fuese un buen momento para retomar lo nuestro o dejarlo en algo bonito que pasó.

La llamé por teléfono y aceptó la invitación. Apenas cerrar el negocio pasé por un *Car wash*. Solo tenía mi camioneta para moverme y hacía mucho tiempo que no la limpiaba. Luego fui al apartamento para ducharme, afeitarme y vestirme para la ocasión.

Me miré al espejo. Yo me sentía mexicano, creía tener rasgos mexicanos. Quizás era un poco más alto que muchos de mis compadres y algo menos moreno que otros. Sin embargo, mi abuelo siempre me había nombrado «el gringo». Yo creí que me llamaba así porque mi madre se había quedado embarazada de un extranjero que había conocido en Hermosillo. El hombre no había querido hacerse cargo y desapareció. Un par de años más tarde, mi madre fue tras él y jamás volvió. Cuando llegué al barrio en Los Ángeles casi de inmediato me pusieron el mismo apodo que mi abuelo. Es decir que mis propios compatriotas, sin yo decir nada, veían lo mismo que el hueyitata.

Me puse mi colonia favorita y una camisa de jean. Cuando me vestía con buena ropa hasta parecía guapo. «Bueno, vistoso», pensé mirándome otra vez. «Si ya no tienes abuela, alguien te lo tiene que decir».

Cuando encontré el celular que siempre dejo en los lugares más inverosímiles, tenía dos llamadas perdidas de Guadalupe y tres mensajes. Miré la hora. No llegaríamos puntuales. Y lo peor, Lupita se había enfadado. Por suerte tengo bastante habilidad para hacerme el simpático.

–¡Órale pues! –respondió a mis dotes de gracioso, pero no pudo evitar una sonrisa.

Cuando llegamos a la pizzería ya estaban Ericka y su novio esperándonos. Me disculpé por el retraso.

–Es que se acicala más que nosotras. Es muy presumido –dijo Lupita para vengarse de haberla hecho esperar.

Presenté a Guadalupe y Ericka hizo lo propio con su pareja Darrell, un joven de aspecto jovial y modales amables.

–¿A qué te dedicas, Darrell? –pregunté como para romper el hielo.

–Soy médico –contestó–, bueno, médico residente en medicina interna. Es decir, todavía me faltan un par de años para decir que ejerzo la medicina.

«¡Órale este chavo es un fresa[20]!», pensé para mis adentros. Sin embargo, al pasar los minutos me di cuenta de que era una persona sencilla y sensible.

–Me ha dicho Ericka que tienes un garden center… A mí me gustan mucho las plantas. Si no hubiese estudiado medicina me habría inclinado por la biología. ¡Es un mundo apasionante! –dijo.

–Si no, no estarías conmigo –intervino Ericka poniéndose seria.

–¡Vaya! Y yo que pensé que era porque soy guapo –contestó Darrell y ambos echaron a reír.

Pedimos las pizzas, cervezas y refrescos.

–¿Eres de San Francisco? –pregunté a Darrell.

–No, soy de Marlborough, Massachusetts.

–¿Como el tabaco? –todos rieron y no supe por qué. Jamás había pensado que la marca de cigarrillos fuese un pueblo. Y nunca había escuchado que hubiese una ciudad con ese nombre.

–Viéndolo de esa manera, creo que alguna relación debe tener. Nunca lo hubiese pensado. ¡Buena conclusión! –dijo Darrell que solo se había sonreído por cortesía hacia las damas. De hecho, a ellas no les sentó nada bien que nos pusiésemos de acuerdo para googlear la duda.

–Según parece, no tiene que ver la marca con la ciudad, pero sí con la calle en la que estaba la antigua fábrica de cigarrillos –informé mientras guardaba mi celular.

–¿Y tú de dónde eres…? –preguntó Darrell y me di cuenta que no recordaba mi nombre.

–Chío, es un poco extraño pero mi nombre es Chío y el apellido Malpigia…

–Curioso.

–Y soy mexicano. Nací en Santa Ana, Sonora, pero viví hasta los catorce años en Hermosillo. A partir de allí me convertí en un *wetback* aquí en Los Ángeles –dije mientras

---

[20] Órale este chavo es un fresa: En México. Expresión para denotar que un muchacho es rico, mimado o consentido.

examinaba las caras de mis interlocutores. Durante años he observado el idioma gestual de las personas cuando digo que soy un inmigrante ilegal mexicano. La mayoría de americanos hace una mueca inconsciente de disgusto o miran hacia otro lado. Ni Ericka ni Darrell se inmutaron, por el contrario, prestaron atención por si yo decidía seguir con mi historia.

–¡Hablas muy bien el inglés! Y sin acento… Yo lo sigo teniendo y hace diez años que no piso México. –Dijo Ericka y me felicité de haber adivinado que era mexicana.

–Tampoco tienes aspecto de mexicano… Yo hubiese asegurado que eres italiano o algo por el estilo –agregó Darrell.

–Mi madre era descendiente de indígenas y mi padre gringo, pero no sé de dónde ya que no lo conocí. Abandonó a mi madre cuando quedó embarazada…

–*No suh!* –exclamó Darrell, pero no entendí lo que quería decir.

–Es una expresión típica de Boston, quiere decir: ¡No me lo puedo creer! –explicó Ericka viendo mi gesto de interrogación–. Si quieres contestarle en su jerga deberías decir. *Sí suh!*

–*Sí, suh!* –repetí–. Y lo que es peor: parece que mi madre no tuvo suficiente y también me abandonó un par de años después para irse tras él. Así que me crie con mis abuelos…

Trajeron la comida. Yo había pedido una de mis pizzas favoritas: pepperoni picante. Lupita había estado sin pronunciar palabra hasta el momento. La miré y me di cuenta de que estaba molesta. Ericka pareció darse cuenta también.

–¿Y tú Guadalupe? Sin dudas el nombre suena muy chévere a mexicano… –dijo intentando meterla en la conversación.

–Soy mexicana, vine con mis padres. Mi papá trabaja en la construcción. Es un ebanista muy cualificado. Mi mamá es asistenta en una casa. Todo legal, aunque yo prefiero vivir en México –dijo con un acento muy marcado y visiblemente contrariada.

–¿Por qué prefieres México? –preguntó Darrell y yo hubiese preferido que no hiciese esa pregunta. Llevábamos una conversación amistosa y distendida y, Lupita siempre se quejaba de los americanos.

–No me gusta que me discriminen –respondió y se hizo un silencio sepulcral.

Yo no estaba dispuesto a seguir con el tema. Aun siendo mexicano también me había sentido discriminado en mi propio país por ser descendiente de indígenas o por no tener una familia constituida. Por eso aproveché para hincarle el diente a mi pizza que tenía un olor muy apetitoso. Pareció dar resultado porque el resto hizo lo mismo.

–¡Umm, muy buena –dijo Darrell dejando el trozo restante en el plato para bajarlo con un sorbo de cerveza–. Y volviendo al tema de la discriminación…

«¡Guácala!», pensé. «No sigas por ahí».

–Yo soy nieto de irlandeses. Mis bisabuelos llegaron aquí debido a la hambruna que había en Irlanda en el siglo diecinueve. Y aunque hoy Boston se vista de verde por el día de San Patricio, también sufrieron discriminación. Porque eran irlandeses, porque eran católicos… En un país donde casi todos son inmigrantes no debería suceder, pero sucede. Creo que es un mal de la humanidad. Discriminamos todo lo que es diferente a nosotros.

–No es un consuelo –terció Lupita.

–Lo sé –replicó Ericka–. En mi caso yo me siento más mexicana que americana. Mi padre es de aquí, pero trabajó muchos años en distintos países. Mi madre es jamaicana, pero hija de un alemán y una nativa. Papá y mamá se casaron en México y me tuvieron a mí.

–¡Vaya mezcla! –exclamé sin poder contenerme.

–Sí, y eso te da una visión mucho más amplia del mundo, pero a no todos les pasa lo mismo.

–Mi padre es mexicano, mi madre también. Vinieron aquí a trabajar. No es que yo me sienta discriminada. Aquí hay mucha discriminación. Los americanos no nos quieren, nos ven como inferiores, ciudadanos de segunda. Eso no lo sentía yo en México –dijo Lupita con un tono rabioso y triste a la vez.

–Tienes razón, hay mucha discriminación –contestó Ericka y Darrell, con la boca llena, asintió con la cabeza.

–¿De qué trabaja tu padre, Ericka? –Yo quería cambiar de tema.

–Mi padre es abogado y fue diplomático muchos años. Ahora ejerce en su propio buffet.

–¿Y tu madre?

–Tiene una pequeña empresa de confección de ropa. Están separados, pero se llevan bien.

Me causó gracia la acotación «están separados, pero se llevan bien». Ericka pareció adivinarlo.

–Sí, no es lo habitual, pero debería ser normal. Se acabó el amor y eso no implica que deban odiarse.

–Muy cierto. A mis padres no les sucedió. Siguen muy unidos, pero reconozco que no es la regla general. Incluso sin llegar a divorciarse, muchas parejas viven en una especie de guerra permanente –dijo Darrell y pidió otra cerveza–. Genética irlandesa... –se disculpó.

Brindamos por la posibilidad que se había presentado para Ericka de comenzar a trabajar en diseño del paisaje y por haber coincidido los cuatro provenientes de lugares, etnias y estratos sociales distintos. Lupita por suerte pareció animarse.

–Por cierto, Chío. ¿Cómo es que se te dio por las plantas? –preguntó Darrell.

–Creo que el abuelo cultivaba cactus y suculentas en México –respondió Ericka por mí–. Y déjalo comer que se le enfría la pizza...

–No hay problema... Es cierto lo de mi abuelo, pero además crecí en el campo. De pequeño vivíamos en una pequeña granja a las afueras de Santa Ana. Nada especial. Algunas cabezas de ganado, un poco de maíz, gallinas... Sin duda la mejor época de mi vida. Luego vino la presión de los grandes terratenientes que cultivaban con riego, fertilizantes y cosechaban con grandes máquinas. Los abuelos acabaron vendiendo.

–¡Qué pena! –exclamó Darrell–. Mi familia también ha sido agricultora.

–No creo que fuese una pena. Mi abuelo se hacía mayor y la granja daba solo para subsistir. Por eso nos fuimos a Hermosillo. Él se montó un pequeño cultivo, que era su sueño de toda la vida y mi abuela pudo ejercer de curandera en un lugar con más gente.

–¿Curandera? –interrumpió Ericka.

–Bueno, sí. Un poco curandera, algo de comadrona, especialista en hierbas medicinales…

–¿Y bruja?

Me sonrojé. Sí, mi abuela era bastante más bruja que todo lo otro, en el buen sentido de la palabra. Tampoco era para propagarlo a los cuatro vientos, aunque ya estuviese muerta.

–Tenía vocación por ayudar a los demás –respondí tímidamente.

–¡Como mi madre!

Me quedé helado. No sabía qué tipo de hechicería se utilizaba en Jamaica. Mi abuela era una bruja blanca que se valía del conocimiento ancestral de las plantas para curar y, de algunas cosas de su propia cosecha.

–¿Vudú? –pregunté en voz baja. Ericka se lanzó a reír.

–Myal-obeah. Muy poderoso, pero siempre para ayudar –contestó y pude ver la cara de asombro de Darrell. Era evidente que él no sabía nada de ese tema.

–Pues ahora mismo no me vendría mal una ayuda de ese tipo. Al menos como consejo… –dije sin pensar, mejor dicho, pensando en Patrizia Bargas, las ratas y las rudas macho marchitas.

–¿Sí? ¿Qué te ha pasado? –preguntó Ericka y Lupita me miró con los ojos como dos huevos cocidos.

–Es que hace tiempo colaboro con un programa de television por cable dedicado a las mujeres –comencé a explicar no muy convencido.

–¡Ah! Ya decía yo que me sonabas de algo. ¡Te he visto por la tele! –dijo Darrell y ahora las caras de estupefacción se dirigieron hacia él.

–¿Desde cuándo miras programas para mujeres? –preguntó Ericka entre asombrada y divertida.

–No, no.

–¡Sí, sí! Lo acabas de decir…

–No es que lo mire, yo…

–¡Darrell! No me esperaba eso de ti. Tan masculino que pareces…

Las dos mujeres señalaron a Darrell con el dedo y se echaron a reír. Yo, por solidaridad me apresté a defenderlo.

–¿Qué problema hay con que mire programas femeninos? ¡A lo mejor le gustan! –dije y creo que fue peor.

La broma siguió durante un rato. Me dolían las mandibulas de tanto reírme. Finalmente me levanté para ir al baño. Entre la risa y las cervezas se hizo necesario cambiarle el agua a los frijoles, como decimos en México. Detrás de mí lo hizo el resto. Cuando volvimos se había disipado el ambiente de broma.

–Ahora, de verdad. Cuando fui a casa de mis padres, mi madre estaba viendo un micro de jardinería que sigue cada semana. Dice que es muy bueno y ¡allí te vi! ¡Eras tú! –dijo Darrell muy serio.

–¡Qué bien! No sabía que eras famoso –dijo Ericka y acotó–. Tampoco de las debilidades de mi novio…

Vuelta a comenzar con las risas. Lupita había perdido la timidez y ya se comportaba como cualquiera de nosotros.

–Bien, resulta que me he percatado que la dueña del programa no cumple con su parte en el tema de publicidad y además me hace la vida imposible. Hay una empresa que quiere auspiciarme y no quiere darme mi porcentaje…

–Eso es envidia. Seguro que lo único que destaca en el programa es tu micro… –aseveró Lupita.

–Puede ser, pero hace unos días encontré rudas mustias en el *garden*. No tenían ningún problema, solo se morían.

Luego comenzaron a aparecer plantas comidas por las ratas. ¡Tú lo viste, Ericka! Mi abuela decía que cuando hay invasión de ratas, hay maldad y traición…

–¿Esta mujer conoce tu *garden*? –preguntó Ericka extrañada.

–No. Nunca ha venido.

–¿Qué aspecto tiene?

–¿Quién?

–La mujer, la dueña del programa.

–Es rara, debe tener unos sesenta años, se viste como una jovencita, está estirada por todas partes y domina a todo el mundo. El marido parece una marioneta. Lo tiene sentado en un sillón como si fuese un peluche.

–¿De dónde es?

No lo sé. Se llama Patrizia Bargas o puede que sea un nombre artístico. Tiene acento colombiano o venezolano cuando habla en español.

–¡Uff! Tiene muy mala pinta. Hay brujas muy poderosas que se dedican a realizar magia para su propio beneficio. Y aunque no lo sea, una personalidad manipuladora puede lograr el mismo efecto que un maleficio. Ya sabes que todos somos energía y entrar en el radio de acción de esa gente puede arruinarte la vida.

Darrell se llevó la mano a la cara para taparse la boca.

–Guadalupe, creo que tú y yo deberíamos irnos. En cualquier momento comenzarán a salir sapos y culebras de debajo de la mesa –dijo poniendo cara de espanto.

–No seas tonto, ¡qué esto es serio! –le reconvino Ericka.

–No, si ya veo –continuó Darrell–. Padre Nuestro que estás en los cielos… ¿Qué va a decir mi familia católica apostólica romana? ¡Una novia bruja! –Para terminar la parodia se hizo la señal de la cruz y tiró hacia atrás la silla como para salir huyendo.

–¡Yo te acompaño Darrell! Mi familia también es católica y según dicen tengo antepasados en la Inquisición. ¡Estos dos ya estarían en la hoguera! –dijo Lupita repitiendo la señal de la cruz y cruzando los dedos de la otra mano. Los dos se divertían de lo lindo a costa de mis problemas.

–¡Bobos! –exclamó Ericka tentada–. Con vosotros no se puede hablar de temas serios… No te preocupes, Chío, hablaré con mi madre…

Darrell comenzó a realizar el gesto de remover algo con una mano mientras con la otra simulaba que se llevaba a la nariz un aroma imaginario.

–¡Ojos de gato viudo, patas de sapo tuerto…!

Se hicieron casi las doce de la noche y no nos habíamos dado cuenta. Darrell sugirió ir a un bar para continuar, pero yo debía abrir el negocio al día siguiente. Nos despedimos muy a nuestro pesar y con la promesa de repetir velada. Realmente lo habíamos pasado muy bien. Lupita, que había comenzado enfurruñada, había terminado alegre como una castañuela. Y eso que solo había bebido refresco.

–¿Quieres que vayamos a tu apartamento? –dijo tímidamente mientras conducía de vuelta. Era una propuesta demasiado tentadora. Es una chava muy apetecible, sus pechos turgentes me vuelven loco y su piel huele muy sensual. Congeniamos muy bien en la cama, aunque luego deba soportar la presión de que quiera más de nuestra relación. Esa noche la noté forzada, como si no le apeteciera y aun así quisiera hacerlo.

–Si no quieres, dejémoslo, que no pasa nada. Dormimos juntos y ya… –le dije con toda la suavidad y el cariño de que fui capaz, dadas las circunstancias. Quiso seguir y hasta puso más entusiasmo y creatividad, pero sobreactuaba. No dije nada. En esos casos lo mejor es seguir la corriente.

Nos dormimos cada uno mirando hacia el otro lado. Al despertar preparé un buen desayuno mexicano: una variación de huevos tirados, tortitas, nachos con queso, aguacate, zumo de naranja y café. Lupita se bebió el zumo, masticó con desgana unos nachos y un poco de aguacate. Algo pasaba por su cabeza y no sabía qué. Preguntar no era una opción. Ya había aprendido a esperar. Más tarde o más temprano lo largaría. Además, no tenía demasiado tiempo para enchiladas. Aunque fuese domingo, debía intentar abrir a tiempo y antes debía acercar a Lupita hasta su casa. No es que viviera lejos, era por responsabilidad. Si los padres estaban mirando por la ventana, que supieran que había estado conmigo y que la dejaba sana y salva frente a su puerta.

Metí el desayuno sobrante en un túper y lo puse en mi mochila. Si no había clientes a media mañana en el vivero, me lo comería gustoso.

—Te gusta Ericka, ¿no? —me preguntó cuando aparcamos frente a su casa.

—Es simpática y también guapa, pero apenas la conozco y además, como ya habrás visto, tiene pareja.

Me quedé esperando el beso de despedida y que se diese la vuelta antes de entrar…

VII

Cuando llegó José Luis, como todos los martes, para grabar el micro, se lo notaba preocupado.

–Se ha puesto brava la vieja, ¡chico! –me soltó apenas entrar. Yo lo miré con cara de interrogación, pero en el fondo sabía de qué se trataba.

–¿Por qué? –pregunté para cerciorarme.

–Hace dos semanas que no llevas plantas al estudio para la decoración…

–Yo avisé que no podría porque tengo mucho trabajo.

–Y yo te entiendo. Le dije lo que tú me contaste, pero ya sabes cómo es. Salió con que si tienes mucho trabajo podrías haber enviado a alguien, que si ella misma estaba dispuesta a venirlas a buscar, que si tenías mucho trabajo era gracias a ella y al programa…

–Perdona, José Luis. Yo sé que tú no tienes nada que ver y que recibes los palos por mí. –Había llegado el momento de conocer cuánto sabía José Luis y si era parte o no de la trama para estafarme no poniendo la publicidad pactada.

–¡No pasa nada chico! Ya estoy acostumbrado. Yo solo te aviso porque puede que te levanten el espacio. Yo vengo a grabar, pero puede que no lo pongan.

–Entonces no grabemos. ¿Para qué perder el tiempo tú y yo?

–¡No, no! Grabemos. Si vuelvo sin el micro se pondrá brava conmigo y no habrá quién la aguante.

–Pues dile que venga a hablar conmigo. No tiene por qué tomárselas contigo. Ya le diré yo un par de cositas que sé..

La cara de José Luis pasó de morena a gris. Era evidente que tanto él como su hermano eran parte del problema o Patrizia los tenía dominados como a su marido y a la imbécil de Vicky Cabrera.

–¿Tú sabías que no están poniendo la publicidad que habíamos acordado a cambio de decorar el plató? –Me había propuesto no tocar el tema con él, pero los acontecimientos se precipitaban y yo ya estaba muy cansado de la situación.

–¡Chico! Quizás la han quitado porque no llevas las plantas…

–¡No, José Luis! Solo la han puesto dos veces. También han dejado de presentar el bloque de jardinería y solo salgo en los títulos. ¿Te parece que yo puedo dejar mi trabajo en el que gano dinero para llevarles plantas al plató? ¿Piensas que de verdad subsisto gracias al programa cuando ni siquiera me nombran?

–Ya te lo había dicho, Chío. Son dos viejas comemierda que hablan como cotorras y cuando se acaba el tiempo hay que hacer malabares para que cuadre el programa.

–Entonces, ¿sabías que no estaban poniendo la publicidad?

–Algo me comentó Ernesto, pero pensé que había sido solo una vez. ¡Chico! ¿Tú qué crees? Yo voy para arriba y para abajo. No tengo tiempo para nada más…

La conclusión a la que llegué fue que José Luis y Ernesto evitarían hacerse problemas en tanto y en cuanto les siguiese entrando dinero. Iban a aguantar cualquier tropelía de Patrizia, mientras pagara.

Grabé el vídeo a regañadientes. Sin dudas no fue el mejor de los que había hecho hasta el momento.

–¿Vendrás el jueves a traer plantas? –preguntó antes de irse.

—Lo siento, los jueves tengo el mantenimiento de un jardín muy grande. Si hago a tiempo iré, si no, mala suerte…
Diles que hablen muy cerca de la cámara para que no se note la falta de decorado.
—¡Chico! Tú no aprecias a este cubanito… Me parece que el jueves voy a enfermarme de mucha gravedad.
«Es lo que tienen los cubanos, difícil enojarse con ellos», pensé.
Los días siguientes estuve realmente muy ocupado. Faltaban plantas, macetas y complementos. El clima estaba siendo muy benigno y la gente quería tener su jardín en condiciones. Preparé un nuevo pedido para Greenpack y otro de plantas de temporada. Cuando llegaba al apartamento, por la noche, solía acordarme de Lupita y su enojo injustificado. ¿Qué podía hacer? Lo que ella quería no podía dárselo en ese momento de mi vida. Además, me molestaban sus intentos de manipular la situación. Ya tenía suficiente con Patrizia Bargas y sabía de sobra que con varios problemas que resolver, perdería la calma y la objetividad.
Hubiese querido ser mosca para colarme el jueves por la tarde en el plató. ¿Habrían quitado el micro?
—Si lo han hecho, tienes un problema menos, Chío. La situación ya no daba para más —me dije convencido. El jueves por la noche, mientras cenaba recibí un vídeo de Ericka. Había filmado el jardín que había que presupuestar.
¡Era inmenso! A los pocos minutos me llamó por teléfono.
—Quiero comenzar a diseñarlo este fin de semana. Si mañana por la mañana no tienes mucho trabajo me gustaría pasarme por el *garden* para sacar ideas sobre el tipo de plantas y los precios. —Dijo y se notó que estaba muy ilusionada con su primer trabajo.
—No hay problema. Lo haremos entre cliente y cliente si no te importa perder tiempo —contesté.
Me gustó mucho volver a oír su voz y sentí una sensación extraña al saber que la vería al día siguiente. «No, si al final Lupita va a tener razón», pensé.

Algo que no imaginaba ni remotamente era que el viernes por la mañana me encontraría con dos patrullas de la policía frente al negocio.

–¿Es usted el propietario? –me preguntaron.

–Sí, Chío Malpigia… ¿En qué puedo ayudarles?

–¿Es usted ciudadano americano?

–No, soy mexicano.

–¿Nos permite su tarjeta verde y carnet de conducir?

–¿Puedo saber debido a qué?

–Control de rutina.

Sonreí para mis adentros. «¿Control de rutina con dos patrullas cruzadas frente a la puerta de mi negocio? ¿Y con las luces encendidas? ¡Ándale!», pensé.

Debía ser muy precavido. Había escuchado comentarios de arrestos en los que policías corruptos habían puesto cocaína en la documentación para justificar la detención. No sabía de qué se trataba, pero era evidente que alguien los había enviado.

–Si no les importa, abro la puerta y les muestro toda la documentación que quieran –dije haciéndoles ver que llevaba una mochila en la espalda, un pulverizador que me había arreglado mi compadre Cisco en una mano y la cartera, llaves y celular en la otra.

–Abra –respondió secamente uno de ellos.

Allí había dos coches y quienes hablaban conmigo eran dos agentes. Aun con los nervios que tenía no me cuadraba nada. Yo había vivido en las calles al llegar a Los Ángeles. En unas semanas ya era experto conocedor de cómo actuaba la policía. Miré con el rabillo del ojo. Uno de los coches estaba vacío y con las puertas abiertas. Era del que habían descendido los dos oficiales que tenía detrás. En la otra patrulla descubrí varios bultos casi agazapados.

Había al menos cuatro policías más. Aquello era un procedimiento en toda regla.

–¡Apúrese que no tenemos todo el día! –gritó el «seco» viendo que me temblaba la mano en la cerradura. Estuve a punto de rebotarme. No era forma de tratar a las personas, pero ya había visto y padecido muchas situaciones injustas antes. Recordé la frase de un amigo durante los primeros meses como *wetback*. «Cuídate tú mismo. Aquí nadie echará de menos a un hispano». Le decíamos «Patilla» y desapareció poco después sin dejar rastro.

Entonces recordé las cámaras. Desde el problema que había tenido con las ratas había decidido conectarlas cada noche. Se apagaban automáticamente media hora después de la apertura del *garden*. Calculé que me quedaban unos veinte minutos. Abrí el portón de golpe y me dirigí decidido hacia la oficina.

—¿Qué hace? —volvió a gritar el seco y escuché cómo desenfundaba el arma.

—¡Ep! Para… —El otro policía no había hablado hasta el momento, pero era evidente que no le gustaba el cariz que estaba tomando la situación.

—¿No quieren los papeles? Pues es lo que vengo a hacer, mostrarles los papeles… No puedo cargado como voy. ¿Es necesario apuntarme con un arma? —dejé la mochila y el pulverizador en el suelo y levanté las manos. Había visto por la luz roja intermitente que las cámaras estaban grabando.

El «seco» guardó el arma, habló unas palabras con su compañero y se dirigió a la patrulla. «El más peligroso, neutralizado», pensé.

—Bien, permítame la tarjeta verde, carnet de conducir y si lo tiene a mano, el contrato de arrendamiento de este lugar y licencia de funcionamiento. —Dijo el otro policía en un tono mucho más amigable.

Puse todo sobre el mostrador y separado lo suficiente como para que no hubiese dudas o confusiones.

—¿El propietario de la parcela es Britt Stanley?

—Sí, está en el contrato.

—¿Sabe a qué se dedica?

—No, y no es mi problema. Llegamos a un acuerdo y me alquiló el terreno. Toda la estructura es mía y las mejoras quedan para él. Durante un año no pago alquiler por las obras que he hecho. Todo está en el contrato. Puede leerlo si quiere.

–¿Vende plantas de marihuana?

–No, no tengo licencia para eso. Ni plantas, ni semillas ni productos específicos para criarlas.

–¿Podemos echar un vistazo?

–¿Tiene una orden de registro?

–Ya le hemos dicho que es solo rutina.

–Entonces iremos usted y yo. Los otros cinco deberán quedarse en las patrullas…

El policía absorbió el golpe e hizo gestos hacia afuera de que se quedaran donde estaban. Sabía que yo me había ido creciendo luego de la sorpresa inicial y no entendía el por qué. Cerré la puerta de la oficina con llave y le invité amablemente a que me acompañara. Entonces las vio.

–¿Tiene cámaras de vigilancia?

–Sí, cubren todo el perímetro, los invernaderos, la oficina y la entrada. Están conectadas a un servidor central.

–¿Dónde?

–Seguridad privada.

–Mucho lujo para un *garden*, ¿no?

–Es todo lo que tengo y he trabajado muy duro para conseguirlo.

Dimos una vuelta a la que se podría llamar «turística» y el policía quiso volver.

–Muy bien, señor. Muchas gracias por su atención y disculpe las molestias.

–De nada oficial. Ahora, ¿podría decirme a qué se debe todo este movimiento? Porque usted coincidirá conmigo que dos coches patrulla con las luces encendidas y seis efectivos armados no es lo que habitualmente se conoce como un control de rutina.

–Lo siento señor. Nosotros recibimos órdenes y debemos cumplirlas.

–¿Una denuncia?

–Puede que sí. No puedo decirle más. Buenos días.

En cuanto vi que las patrullas ponían la reversa para irse,

me comenzaron a temblar las piernas. Las rodillas no me sostenían y tuve que sentarme en el borde de un cantero porque creí que caería. En eso escuché una voz conocida.

—¿Qué ha pasado? —preguntó Ericka que entraba casi a la carrera.

—Acabo de ver dos patrulleros que salían de aquí y me he asustado…

—Espera que se me pase a mí el temblor y te explico. Me castañetean los dientes de los nervios.

Me ayudó a incorporarme y fui directo a la oficina. Saqué una botella de tequila del armario y dos vasos.

—¿Quieres? —le ofrecí.

—¿Estás loco? ¿Tequila a las nueve de la mañana?

Me serví un buen chorro y coloqué el vaso sobre el mostrador.

—Lo siento, pero lo necesito. Puedo prepararte un café si quieres…

—Quizás luego. Tranquilízate y cuéntame lo que pasó. ¿Te han robado?

Meneé la cabeza.

—Cierra el portón de entrada, por favor. Hasta que no me reponga no estoy en condiciones de atender a nadie.

—Si quieres, me voy…

—No lo digo por ti.

Mientras Ericka cerraba la entrada, cambié el filtro de la cafetera, agregué agua y café nuevo y la puse a funcionar. Mis piernas comenzaban a responderme otra vez y había dejado de temblar.

—Bien. ¿Qué hacía la policía en tu *garden*? —preguntó al regresar.

—Me pidieron la documentación, el contrato de alquiler y quisieron dar una vuelta para ver si cultivo marihuana.

—¿Un control de rutina? Demasiado aparatoso. Llevaban las luces encendidas como si estuviesen haciendo un operativo.

—Eso pensé. Comenzaron siendo bastante rudos y poco educados. Creo que cuando descubrieron las cámaras de seguridad se suavizaron.

–¿Tenían una orden de registro?

–No.

–Entonces no tenías obligación de dejarlos entrar.

–Hubiese sido peor. Uno de ellos estaba deseando que hiciera algo que los «motivara» para actuar. Incluso me apuntó con su arma.

–¿Qué? Eso no es normal ni legal.

–Tranquila. cuando has sido ilegal aprendes que nadie notará un hispano menos en Los Ángeles.

–¿Y entonces? ¿Cómo los convenciste para que se fueran?

–Cuando los vi dudar frente a las cámaras me di cuenta que a ellos no les convenía que esto quedara registrado en ninguna parte.

–¿Amenaza?

–Creo que la palabra es advertencia. Alguien los envió, quizás presentó una denuncia. No lo sé, pero creo que tiene que ver con el conflicto que mantengo en el programa de televisión.

–¿Por qué lo piensas?

–Justo este martes tuve una pequeña plática con uno de los hermanos que llevan el estudio de grabación.

–¿Está involucrado?

–No lo creo, no gana nada, pero sí estoy seguro que ha ido a contárselo a Patrizia Bargas.

Me acabé el tequila y fui por dos tazas de café. Cuando regresé Ericka estaba hablando por teléfono. No quise inmiscuirme por lo que abrí el portón de entrada y me dediqué a revisar el riego de las aromáticas. Descubrí que otra vez había varias rudas marchitas. «Maldita bruja», pensé.

–He hablado con mi padre. No sé si te dije que es abogado… –dijo Ericka acercándose luego de cortar la llamada.

–Sí, algo comentaste la otra noche.

–Me pidió que le enviara fotos de todos los documentos que te solicitó la policía y también del contrato de participación en el programa…

—No quiero que lo molestes. Es mi problema y debo solucionarlo yo.

—Ahora también es mi problema. Dependo de tu ayuda para conseguir mi primer trabajo y es una oportunidad de oro. No todos los días se presenta un proyecto así, con tanta proyección.

—Es que no puedo pagar un abogado, —dije cuando en realidad lo que no quería era montar un escándalo que luego me produjera mayores dolores de cabeza. Con dejar el programa era suficiente. No podían obligarme a seguir y lo más que podía perder eran las promociones gratuitas de Greenpack.

—No te preocupes. Mi padre solo hará averiguaciones. Tiene muchos contactos y no va a costarte nada.

«Tampoco se pierde nada con averiguar qué hay detrás de todo esto», pensé. Ya me parecía exagerado que alguien pudiese enviar a la policía para amedrentarme porque yo me había negado a poner unas plantas en un plató de televisión para un programa de mierda.

—La documentación está sobre el mostrador. Todavía no la he guardado. En cuanto al contrato de participación, no tengo. Todo ha sido un acuerdo de palabra. No puedo reclamar nada legalmente.

—Pero están los vídeos.

—Sí, eso sí, aunque no sé si servirían de algo. Y ahora, bébete el café o se enfriará.

Hicimos las fotos, le pasé los datos del programa, la dirección del estudio y la del apartamiento de Patrizia. Edité las imágenes de las cámaras de seguridad, las comprimí y las envié por correo electrónico a la dirección que me facilitó Ericka. Me resultó curioso comprobar que luego de detectar que lo estaba filmando, el policía se había puesto sus gafas de sol y tapado con la mano el número de placa.

Acabada la tarea detectivesca nos dedicamos a intercambiar ideas sobre el proyecto de Patrick Kidd. Según había dicho el cliente, quería un jardín despejado con césped en su mayor parte, protección visual para evitar miradas indiscretas a la zona de piscina, rincones para apreciar desde la casa y un espacio *chillout* para disfrutar con los amigos. La arquitectura moderna de la casa sugería líneas rectas, piedra y madera y arbustos o árboles con formas definidas.

Si bien tenía algunos arbustos formados por poda calculé que en ese jardín se podía instalar casi la mitad de las plantas que había en el *garden*. Y aun así harían falta ejemplares de gran talla para los puntos altos del diseño. Me sentí insignificante.

—No sé si estaré a la altura de semejante proyecto –dije.

—No es que debamos hacerlo mañana y supongo que puedes conseguir las plantas que necesitemos.

Asentí con la cabeza, no muy convencido.

—Creo que debemos pensar en positivo. Si logramos que el diseño guste y el precio convenga tenemos muchas chances de obtener el contrato. Si sale bien tendremos trabajo para todo el año y con seguridad nos recomendará a sus amigos y conocidos.

—¿Y si sale mal? –pregunté viendo una montaña enorme frente a mí. Ericka me miró y sonrió. Con una sonrisa así, nada podía salir mal.

Se hizo mediodía y logramos tener una idea bastante clara del diseño a proponer.

—¿Te has dado cuenta de una cosa? –pregunté.

—¿Qué cosa? –

—Hoy es viernes…

—Sí.

—En general suele haber bastante gente los viernes y hoy solo he atendido a tres o cuatro personas…

—¡No seas paranoico, Chío! Tal vez esta tarde no des abasto con los clientes…

Ericka se fue a su casa a la hora de comer. Quedamos que el lunes hablaríamos para comenzar a poner precios al material que se necesitaría. Antes de cerrar busqué los catálogos de los proveedores. Montar aquel presupuesto no iba a ser fácil.

Por la tarde tampoco hubo demasiado movimiento. Al punto que me dio tiempo para cotejar costos de tepes de césped entre varios cultivos y a calcular de manera aproximada los metros de tubos para riego que necesitaríamos, hasta las seis de la tarde en que sonó el teléfono y se acabó mi paz interior.

–¿Chío Malpigia?

–Sí, soy yo.

–Soy Julio Chávez, de Greenpack. ¿Está usted en el garden?

–Sí, señor Chávez. ¿Qué puedo hacer por usted?

–Necesito platicar urgentemente con usted, Chío. ¿Puedo pasar por allí en unos minutos?

–Sí, por supuesto señor Chávez. –Colgó y por mi cabeza comenzó una procesión de pensamientos funestos.

¿Qué habría sucedido para que un gerente de Greenpack quisiera hablar personalmente y de manera perentoria conmigo? Tenía la seguridad de que era por el programa, pero en ese caso debería hablar con Patrizia que era la productora. Quizás yo había descuidado un poco los micros o la «bruja» había quitado el del último programa y ahora Greenpack, obviamente se negaba a continuar con el patrocinio. Me puse casi tan nervioso como por la mañana cuando encontré las patrullas frente a mi negocio.

–¡Calma Chío, calma! –me dije en voz alta y me di cuenta de que estaba caminando en círculos y gesticulando.

–¿Para qué te has metido en este jaleo?

–Bueno, tampoco sabías de qué iban las viejas…

–Si tan solo te hubieses limitado a tu bloque de jardinería sin aceptar nada a cambio…

–¡Pero si les has levantado la audiencia del programa!

–¡Y como pago te han estafado!

–Eres un tonto, Chío. Deberías haberles hecho firmar un contrato…

–¿Y crees que un juez fallaría a tu favor? ¿Las hubieses llevado a juicio?

–¿Neta?[21]

–¡No seas pinche pendejo![22]

Cuando estoy muy nervioso o enfadado suelo platicar conmigo mismo como si fuésemos dos personas.

A pesar de la americana, la corbata y las gafas de sol no fue difícil adivinar que quien entraba por el portón del negocio era Julio Chávez. Tenía el porte de un mexicano hecho y derecho: el caminar con los brazos balanceándose a los costados del cuerpo, cuello corto y robusto y, un abdomen que comenzaba a ser prominente. Se estiró la chaqueta, observó a su alrededor y colgó una sonrisa de aprobación en su cara.

–¿Chío Malpigia?

–¿Señor Chávez?

–¡Llámame Julio!

–Un gusto de conocerlo… Julio.

Nos estrechamos las manos.

–Veo que tiene un buen surtido de nuestros productos. – Dijo dándome una palmada en la espalda. «Típico gerente de marketing», pensé.

–Muy bonito el *garden*, completo y con una decoración excelente…

–Si quiere se lo muestro.

–No es necesario, ya lo veo desde aquí.

El hombre no venía de visita social, eso era evidente y a mí se me había secado la boca.

–¿Desea algo de beber? Tengo unas cheves[23] en la nevera y hoy ha hecho bastante calor…

–No le diré que no a una cerveza y mientras bebemos, platicamos. Yo vengo con la garganta reseca…

Entré a la oficina y volví con dos latas.

–¿Quiere un vaso?

–No, está bien así. ¡Gracias!

---

[21] ¿Neta?: ¿De verdad?

[22] ¡No seas pinche pendejo!: ¡No seas idiota!

[23] Cheves: cervezas

–Ok. ¿Qué lo trae por aquí señor Chávez? Perdón, Julio…
–Acabo de salir de una reunión con su amiga Patrizia Bargas…
–No es mi amiga –me defendí.
–Sí, ya lo sé. Era broma. No sé qué le ha hecho a esa mujer o qué no le ha hecho, pero no lo tiene en muy buen concepto.
Se me retorcieron los intestinos dentro del cuerpo.
–Yo solo hago un micro de jardinería en su programa. Acordamos que sería a cambio de publicidad y me enteré hace unos días de que no la ponían. Luego me pidieron que ornamentara el plató con plantas naturales a cambio de más publicidad y tampoco cumplieron. Entonces dejé de llevarles plantas. Lamento si por mi culpa le han creado problemas a usted y a su empresa, yo…
–No se preocupe. No hace falta ser muy listo para darse cuenta de lo que son ella y la otra víbora… ¿Cómo se llama?
–Vicky Cabrera.
–Eso. Son dos viejas brujas con veleidades de actrices de Hollywood. Y no me ha creado usted el problema sino ellas.
–¿Qué ha pasado?
–¿No ve usted el programa?
–No miro casi televisión y, además no tengo cable.
–Ahora me lo explico. Usted no está enterado de nada.
–¿De qué debería estar enterado?
–Como le dije por teléfono cuando decidimos apoyar su espacio, nuestro interés está en difundir los productos Greenpack a través de quienes promueven la jardinería y el gusto por las plantas. Y que además lo hacen bien, como es su caso.
–Gracias, me siento halagado, pero sigo sin enterarme de lo que sucede.
–En el contrato hicimos mención expresa de que la publicidad de Greenpack es para auspiciar su micro, pero han hecho caso omiso y se han dedicado a vanagloriarse en

cámara de que una empresa como la nuestra apoye su programa. Y, además sin tener idea de lo que hacemos o lo que vendemos. Eso me ha valido un buen tirón de orejas de la dirección general.

–Lo siento mucho, yo…

–Y no es solo eso. Han acortado o eliminado parte del material fílmico que les enviamos. El trato era que debía abrir y cerrar el bloque, pero hasta ahora no lo han hecho.

–Es que lo mismo…

–¡Déjeme terminar, por favor!

–Sí, por supuesto.

–La guinda del pastel la pusieron ayer cuando no incluyeron su vídeo, pero sí nuestra publicidad como si fuese publicidad del programa.

Me quedé helado a pesar del calor.

–¡Chin, qué gacho![24] –alcancé a balbucear. Acababa de comprobar que mis temores eran fundados.

–Bueno, yo grabé el micro como siempre. Y lo hice por respeto a Greenpack, porque ya ¡estoy hasta la madre de estas mujeres! No me han dado más que problemas.

–Y lo peor del caso es que además de aguantar a la dirección de la empresa, ¡tengo que soportar a mi mujer! Está ofendidísima de no poder ver sus consejos.

No supe qué decir. Lo que estaba claro como el agua era que debía salir de esa situación. Si hasta ese momento tenía rabia acumulada por la manera de actuar de Patrizia, ahora sentía odio, frustración e impotencia.

–Esta mañana les hemos enviado un fax suspendiendo la publicidad por incumplimiento de contrato y esta tarde he tenido una reunión con ellas y un tal Crowford, que no sé qué pito toca.

–Es el marido de Patrizia y según parece el que ha puesto el dinero para mantener el programa hasta ahora –dije recordando lo que me había comentado José Luis.

–Pues, ellos dicen que la culpa es suya, Chío. Que usted

---

[24] ¡Chin, qué gacho!: ¡Qué mala suerte! ¡Qué injusto!

no graba los micros, que no respeta los tiempos y, que les debe un montón de dinero en publicidad.

–¿Qué? ¡Es exactamente al revés! Yo participaba a cambio de publicidad para mi garden…

–Yo le creo, Chío. Esa no es gente de fiar, pero yo debo velar por los intereses de la empresa. Así que les dije que los problemas entre ustedes deben resolverlos entre ustedes. Nosotros no vamos a pagar por una publicidad mal hecha que no cumple el contrato que firmamos.

–¿Y qué contestaron? –pregunté tímidamente mientras sentía que la noche se me venía encima.

–Que irían legalmente contra usted por el impago de la deuda y luego contra nosotros por considerarnos solidariamente responsables.

–¡Qué hijas de puta!

–No se preocupe, Chío. Si usted no tiene un contrato firmado con ellas, no pueden exigirle nada y a nosotros tampoco, pero que le van a tocar los huevos todo lo que puedan, eso téngalo por descontado. Yo ya he hablado con nuestros abogados porque a la primera palabra en contra de Greenpack que digan por televisión, les caerá un juicio por injurias y calumnias.

–Lo siento mucho, señor Chávez –ya no me atrevía a llamarlo Julio–. De haberlo sabido…

–Nada, Chío. Usted es una persona trabajadora como casi todos los mexicanos que hemos venido a este país en busca de nuestros sueños. Ellas son unas sanguijuelas apestosas que se creen con derecho a pisotearnos a todos.

No pude evitarlo, las lágrimas comenzaron a rodarme por la cara. Ni siquiera había llorado al morir mis abuelos o cuando dormía en la calle sin nada qué comer. En aquellos momentos había tenido esperanzas de que todo iría a mejor. Ahora, no.

RICARDO LAMPUGNANI

VIII

Había realizado un ejercicio completo de análisis durante todo el fin de semana. En el negocio hice todo lo posible para solo atender a los clientes, platicar poco y esperar a que se acabase el día. Intenté gastar el mínimo de energía porque me sentía muy débil.

«Como los perros cuando les pica una víbora», pensé el sábado por la noche mientras me hacía un ovillo en mi cama. Luego que Julio Chávez dejara el *garden* había tenido que apagar el celular. Patrizia Bargas me había llamado media docena de veces y unas cuantas más desde un teléfono desconocido.

No la atendí. Necesitaba decantar todo el proceso para poder rehacerme. Debía pensar en lo que había conseguido en todos esos años, en la gente que se había cruzado en mi camino y me había ayudado sin esperar nada a cambio. Necesitaba encontrar una roca firme a la que asirme para no caer en la negatividad de pensar que no había futuro.

Así recordé a Britt Stanley, el dueño del terreno en el que había montado mi comercio. Había sido mi primer cliente en Silver Lake. Se acababa de cambiar y el jardín de su casa era un verdadero desastre. Estuve semanas trabajando para él. El resultado fue tan bueno que me recomendó a muchos de sus vecinos. Cada día, cuando acababa con mi trabajo pasaba por su casa al menos para saludarlo. Era una persona seria, pero agradable y aunque sabía que yo era mexicano y él hablaba perfectamente español, me obligaba a conversar en inglés.

—Si quieres hacerte un futuro en América, debes hablar y pensar como americano —solía decirme. Y hasta me pagó varias clases privadas para que mejorase mi acento. Lo consideraba como el único amigo americano que tenía, una especie de mentor, confidente y asesor. Cuando se presentó la oportunidad de legalizar mi situación, fue él quien me ayudó a rellenar formularios y a hacer trámites ante Inmigración. Yo lo consideraba alguien influyente porque con solo nombrarlo se abrían muchas puertas y desaparecían las esperas. Un día me comentó que había comprado una parcela. Quería construirse una casa y que yo le diseñase los espacios verdes. Para entonces yo compaginaba mi empleo en el mercado de flores con los trabajos de jardinería que hacía en fines de semana. Había conseguido ganarme la vida, dejar de ser ilegal y salir de la calle. Todo un sueño para un *wetback* que había llegado solo y con catorce años a un país desconocido. Y en buena parte había sido gracias a Britt y a su mujer Lucy, pero un día desaparecieron. Su casa de Redcliff Street quedó vacía y estuve manteniendo el jardín durante dos meses con la ilusión de que volverían. Cada fin de semana pasaba por el terreno de Magnolia boulevard con la esperanza de ver movimiento en la construcción de su nueva casa.

No lo hubo. Mentiría si no reconociese que me sentí abandonado otra vez y ya era una constante en mi vida.

Pasaron dos años hasta volver a saber de los Stanley. Me enviaron una carta al Mall donde trabajaba. Podrían haberme llamado por teléfono o enviado un mensaje. Yo seguía teniendo el mismo número de celular, pero era evidente que ellos no. Había intentado varias veces ponerme en contacto con Britt y la compañía telefónica me decía que no había nadie con ese número. Según la carta, vivían en Washington DC donde habían trasladado a Britt por su trabajo. Como sabían que mi sueño era tener mi propio negocio de plantas, me ofrecían en alquiler la parcela que habían comprado. La propuesta era generosa: no pagaba absolutamente nada hasta un año después de inaugurar el vivero. La estructura que montara me pertenecía y las mejoras que hiciese al terreno quedaban para ellos. No volví a verlos, todos los papeles se hicieron a través de un abogado de Los Ángeles.

Así había comenzado la escalada hacia mis sueños. No había sido fácil, trabajaba dieciséis horas al día y siete días a la semana. Ahorraba todo lo que podía y lo invertía en el futuro negocio. Había conocido a Lupita que vivía con sus padres cerca de mi departamento. Ella sabía que yo tenía un buen ingreso, el suficiente como para formar y mantener una familia y presionaba para que me comprometiese más. Sin embargo, no era mi meta, no eran mis sueños, al menos hasta que tuviese mi propio negocio. Sabía que no podría mantener el ritmo de trabajo durante muchos años y una familia suponía seguro médico, ahorrar para que los hijos estudien, comprar una casa… Sé que la defraudé. La relación se enfrió y aunque Lupita fuese una chica excelente y me gustase mucho, sentí que no me entendía.

Debía volver a centrarme en mis prioridades, en mis objetivos. Había puesto demasiadas expectativas en el empuje que el programa de televisión podía darle a mi proyecto. No había fracasado porque nadie me había dicho que lo hacía mal, al contrario, pero había llegado el final y debía asumirlo. Tendría que soportar que Patrizia intentara perjudicarme o beneficiarse a mi costa…

«Mira lo que tienes, Chío. Mira hasta dónde has llegado», pensé una y otra vez.

«Además, si Ericka consigue el jardín de Patrick Kidd venderás una enormidad de árboles y arbustos de golpe, tepes de césped, accesorios para riego. ¡Una pequeña fortuna! Y si queda bien puede que haga los jardines del resto de las propiedades. ¡Será un muy buen antecedente! Ya no necesitarás un programa de televisión para darte a conocer, será como el boca oreja cuando comenzaste con Britt y, luego esos jardines hay que mantenerlos…» Mi cabeza comenzó a tejer sueños.

–¡Para Chío, para!

Me quedé en silencio un buen rato. Pensar en Ericka me producía una sensación extraña, como de ansiedad. En cambio, cuando estaba con ella me sentía muy cómodo.

–¡Uy, Chío! Ya tienes suficientes problemas como para buscar nuevos… –me dije frente al espejo antes de comenzar una nueva semana.

Los lunes suelen ser muy tranquilos hasta media mañana. Eso me permite revisar que todo esté bien, quitar las plantas que no están en condiciones para vender y verificar que todo esté regado y en su sitio. Por eso, los domingos por la tarde suelo relajarme un poco y no hago nada. Sin embargo, aquel había sido la excepción. Necesitaba estar en contacto con lo que era mío y mirar el negocio sin la presión de que entrasen clientes. Había comenzado dando de comer a los koi, luego podé algunas plantas alrededor del estanque, quité algas y acabé haciendo más de lo que tengo reservado para un lunes a la mañana.

Y fue una excelente decisión. En cuanto abrí el portón entraron dos hombres de americana y corbata caminando desde el boulevard. Ambos llevaban gafas oscuras.

–Nada bueno, Chío. Por la manera de andar displicente son inspectores o abogados –me dije en voz baja mientras me acercaba a la oficina para verificar si las cámaras estaban funcionando.

–Buenos días. Buscamos a Chío Malpigia –dijo el más grueso de los dos en un español muy malo.

–Pues lo habéis encontrado –contesté en inglés y me arrepentí de inmediato por haberme hecho el gracioso. Por experiencia sabía que a los policías les molesta mucho.

–Soy Gerard Vison y él es Anthony Cannelli –dijo y ambos se quitaron las gafas y me extendieron las manos para saludarme.

–Un gusto de saludarlos –correspondí estrechándoselas. «Policías no son, demasiado amables. ¿Abogados u oficiales de justicia? », pensé forzando una sonrisa.

–Somos productores del programa *Open Doors* y *Periodical News*…

El primero me sonaba de algo, el segundo ni idea.

–¿De televisión? –pregunté para cerciorarme.

–Sí, tenemos entendido que usted hace un micro de jardinería para un programa de Gladvisión.

–Así es, aunque no sé por cuánto tiempo. No estoy nada contento.

–¡Tanto mejor! Ya puede decirles que no lo hará más si es que su contrato lo permite.

–No tengo contrato –me apresuré a decir. Si era una encerrona y no parecía que lo fuese, la ausencia de contrato implicaba que no podían exigirme nada según me había dicho Julio Chávez. Estaba tan obsesionado que creía que aquellos dos hombres eran enviados de Patrizia y quizás estaban grabando la conversación.

Lo que sucedió a continuación me dejó flotando en una nube. Me ofrecieron colaborar con sus dos programas.

Uno de ellos era el que yo había visto en el estudio de José Luis y que presentaba George Mutti. El otro iba por una cadena nacional perteneciente a CBS. En ambos casos se grababa en plató y en exteriores.

–No crea que vamos a pagarle, pero sí podemos ofrecerle una muy buena cobertura publicitaria para su negocio.

–Entonces no me interesa, ya me han mentido bastante –dije sin pensarlo. Ni loco iba a volver a pasar por lo mismo que con Patrizia Bargas y Vicky Cabrera.

–Nosotros no mentimos. Somos gente seria, todas las condiciones se especifican por contrato –dijo un tanto molesto el otro hombre que hasta el momento no había intervenido en la conversación.

—Perdona, tiene sangre italiana –justificó Gerard Vison.

—No hay problema, yo soy latino, mexicano para más datos.

—Pues habla muy bien inglés. Eso es bueno porque los programas se emiten en inglés –dijo Anthony Cannelli suavizando el tono.

—Como dijo Anthony, todo lo que pactemos sobre publicidad irá por escrito en un contrato de colaboración. Y, si además consigue usted un sponsor para su micro, se lleva usted un porcentaje. Es más, de acuerdo a la evolución de la audiencia y de la publicidad, podemos plantearnos crear un programa exclusivamente dedicado a la jardinería. Es un tema que agrada y no hay demasiados especialistas que lo expliquen bien –agregó Gerard Vison.

Aquello ya era lo máximo. Intenté mantenerme serio, como si lo que me estaban ofreciendo fuese lo más normal del mundo para mí.

«¡Tranquilo Chío! Primero asegúrate que es verdad… ¡No te precipites! », pensé y me repetí mentalmente hasta que se borró la sonrisa de mi cara.

—Bien, si quiere pensarlo puede tomarse unos días. No demore demasiado porque estamos cambiando formato y la semana que viene deberíamos tener confirmados los nuevos columnistas… –dijo Anthony Cannelli volviéndose a colocar las gafas de sol.

—Aquí tiene la tarjeta de la productora con nuestros nombres y teléfonos. En el reverso están los programas. Le aconsejo que los mire para ver si van con su estilo. Por sí o por no, ¡llámenos! Es importante para nosotros conocer su respuesta –agregó Gerard Vison.

Nos saludamos y, apenas hubieron desaparecido en el Magnolia Boulevard, me puse a dar saltos por todo el negocio. Agradecí a dios, a la virgen, a la madre tierra y a mis abuelos por cuidarme. Sin embargo, necesitaba ser precavido. No podía ni quería meterme en más problemas. Miraría los programas con calma, aunque tuviese que contratar la televisión por cable. Luego dejaría pasar un

par de días para que no pensasen que estaba desespera-
do y tampoco firmaría ningún contrato sin haber leído todas las cláusulas. Quizás el padre de Ericka pudiese ayudarme con la parte legal.

– El que con leche se quema, hasta al jocoque le sopla –
dije en voz alta.

–¿Qué dice? –escuché que preguntaba alguien a mis espaldas. Me di la vuelta y vi a dos mujeres que me miraban
con cara de interrogación.

–¡Buenos días! Disculpen, no me he dado cuenta que había entrado gente.

–¡Buenos días! –saludaron a dúo.

–Hablaba en español, ¿no?

–Es que soy nacido en México…

–¡Ah, bien! Le pregunto porque entendí algo de que se
había quemado con leche y pensé que quizás necesitase
ayuda.

Solté unas risas tímidas mientras pensaba cómo explicaba
la situación.

–No me he quemado, gracias. Estaba hablando conmigo
mismo y me recordaba un dicho que hay en México para
indicar que se debe ser precavido.

–¿Y cómo es? –preguntó la otra, interesada.

–El que con leche se quema, hasta al jocoque le sopla –
repetí y entonces, las que rieron fueron ellas.

–No sé lo que es jocote –dijo la primera– Aunque viví un
tiempo en España, nunca había escuchado esa palabra.

–Es jocoque –corregí– el jocote también existe, pero es
una fruta, un árbol con muchas propiedades curativas. Es
como un ciruelo. En cambio, el jocoque es una salsa fría
que se hace con leche fermentada o con yogur. De ahí el
dicho: quien se quema con leche caliente, sopla hasta al
jocoque que es frío, con tal de no volverse a quemar.

–¡Muy sabio, muy sabio! –exclamaron las dos y yo me sentí doblemente reconfortado con América.

«No todos son iguales», pensé.

La venta sumó varios cientos de dólares. Se notaba que

ambas mujeres tenían muy buena educación, un excelente pasar económico y que eran muy aficionadas a comprar plantas exóticas. Eligieron una Nepentes y una Dionaea[25] cada una y unas cuantas orquídeas. Entre estas últimas un par de Oncidium[26] de buen tamaño que ya creía que no vendería al haber acabado la floración.

Les expliqué el funcionamiento de las carnívoras y su cuidado. Les advertí que no son plantas para principiantes. Aunque llamen mucho la atención, prefiero no venderlas si quien las compra no tiene idea de cómo cultivarlas.

Antes de irse me preguntaron dónde había aprendido tanto sobre plantas.

–La mayoría las vende, pero saben muy poco… –dijo la que parecía más sociable de las dos.

–Es que me crie con mi abuelo. Se dedicaba a cultivar cactus y suculentas cuando dejó la granja. Tenía muchos libros sobre jardinería y botánica. Fueron mi única herencia… –respondí.

–Nosotras somos miembros de uno de los *garden clubs* más antiguos de Los Ángeles y vamos a recomendar este negocio porque tienes muy buen producto, mucha variedad y en un excelente estado –dijo la más seria.

–Y puede que, si te apetece y estás de acuerdo, te propongamos para dar una charla sobre cactus –agregó la otra –. No son pagadas, pero te harías con muchas nuevas clientas… –se apresuró a agregar.

Cuando se fueron di dos o tres saltitos más de alegría. Parecía que el influjo maléfico de Patrizia había dejado de hacer efecto y por todas partes aparecía gente dispuesta a ayudarme.

Debido a la emoción de la nueva propuesta y a las buenas ventas, me olvidé por completo que había quedado con

---

[25] Nepentes y Dionaea: Plantas insectívoras.

[26] Oncidium: Orquídea de flores pequeñas llamada también «dama danzante» o «bailarina»

Ericka para comenzar a montar el presupuesto de Patrick Kidd. Por eso, cuando me llamó por teléfono a mediodía quedé un poco descolocado.

–Paso por unas *burger* y refrescos y voy hacia allá. Supongo que todavía no has comido… –dijo, y su voz sonó entusiasmada. Yo pensé en un festejo, pero no pude imaginarme cómo se había enterado de la noticia.

–De acuerdo, sí, bueno no, no he comido… –contesté mientras intentaba que mi cabeza volviera a su sitio.

–Te acuerdas que hoy comenzaríamos a poner precios para el jardín de los Kidd, ¿no?

–De acuerdo, sí, bueno no, he estado muy ocupado…

–¡Chío! ¿Estás bien?

–Sí, perdón. Un tanto confuso. Ya te contaré. Mi hamburguesa con salsa de la casa, papas fritas y chili, ¡por favor!

Creo que no le gustó mi respuesta porque me colgó. «Las mujeres pretenden que uno esté siempre atento, que sea amable y galante todo el tiempo», pensé. Luego reconsideré la situación y me di cuenta que si hubiese sido al revés, yo me hubiese enfadado bastante. De hecho, ella había realizado casi todo el trabajo: había convencido a los Kidds de que nos dieran la oportunidad, había ido a ver el jardín, tomado medidas, hecho fotos y vídeos. Se había perdido una mañana entera en mi negocio viendo posibilidades de plantas y materiales y, con seguridad, había pasado el fin de semana diseñando el proyecto para poder venir el lunes a poner precios conmigo.

–Te debo una disculpa… –fue lo primero que le dije cuando la vi entrar con una mochila a la espalda y una bolsa de comida en cada mano. Me apresuré a ayudarla.

–¿Qué dices? Me quedé preocupada porque pensé que habías tenido otra visita desagradable. Por cierto, tu hamburguesa con salsa barbacoa, pedí chili aparte y patatas extra. Imagino que habías pensado que pasaría por Jimmy's. También me encantan, pero me quedaba trasmano y tenía poco tiempo.

«Es evidente que algunas mujeres escapan a tu clasificación, Chío», pensé aliviado.

Improvisé un rincón para comer sobre la mesa del despacho mientras Ericka desplegaba un arsenal que incluía un plano, lápices, revistas de decoración, un libro, su computador portátil y una Tablet.

—Creo que el diseño ha quedado bastante bien, aunque tendrás que ayudarme a calcular la cantidad y el tamaño de las plantas. Recuerda que soy novata en esto. Hice un cálculo a mano alzada tomando precios de internet y por poco me da un ataque. Creo que habría que ajustar costos…

—Es un jardín muy grande —dije para calmar su ansiedad y también para que comiésemos antes. El aroma de la hamburguesa y las patatas me estaba matando.

—Cierto, pero no llegué a sumar todo y ya iba por los cuarenta mil dólares… También estuve analizando que Patrick quiere césped y hay restricciones en el riego.

—El costo promedio de un jardín nuevo está en torno al diez por ciento del valor de la casa. Y lo del riego se soluciona con cisterna y tubos de capilaridad. —Ericka me miró aliviada y agradecida.

—Si es así, esa casa no vale menos de cinco millones.

—En ese caso no nos preocupemos y hagamos un presupuesto real, pero con margen de error.

Nos sentamos a comer. Entre bocado y bocado le conté lo de los programas de televisión, el club de jardinería y el enfado de Julio Chávez con Patrizia Bargas y sus secuaces.

—Ahora entiendo por qué estabas tan extraño cuando te llamé —dijo lamiéndose los dedos pringados de kétchup. Me pareció muy sensual y tuve que sacudir la cabeza para no seguir en esa línea de pensamiento.

Debo decir que el diseño que había hecho Ericka, me encantó. Quedé sorprendido con el programa que permitía mostrar los pasos en la creación del espacio verde y su aspecto final de cara al cliente. Implementar un jardín vertical en el área *chillout* me pareció sencillamente genial.

Hicimos algunos retoques al proyecto y comenzamos con los cálculos de materiales y los costos. Nos llevó toda la tarde y los números superaron en mucho el monto que había asustado a Ericka. Imprimimos dos copias del borrador y me quedé con una para revisar y ajustar, aunque no creí que fuese posible bajar los precios.
Ericka acabó un tanto deprimida por el resultado.
—No creo que acepte —dijo mientras recogía sus cosas—. Me parece demasiado caro.
—Es un trabajo muy grande y todavía creo que hay detalles que no hemos tenido en cuenta. El diseño es muy bueno, creo que lo sorprenderá y si no quiere invertir tanto, siempre se puede bajar la cantidad de plantas, sembrar semillas en lugar de poner tepes y reducir el tamaño de las plantas. No tendrá su jardín instantáneo, pero en esto es tiempo o dinero… —dije intentando consolarla.
—La verdad es que estaba muy ilusionada, pero ahora, no sé qué pensar. —Me contestó con una mueca de resignación. La hubiese abrazado para darle ánimos, pero me contuve. Solo le alboroté un poco el cabello con gesto fraternal.
—No demos por perdida la guerra antes de presentar batalla. Lo que sucede es que ni tú ni yo estamos acostumbrados a manejar estas cifras, pero no veo que sea caro.
Prometí revisar todo el presupuesto esa misma noche y comentarle por la mañana. Habíamos hecho tantos cálculos que mis neuronas ya no daban más de sí.
Cuando cerré la caja comprobé que aquella tarde, sin percatarme, había vendido más que durante la mañana. Y eso teniendo en cuenta que solo las clientes del garden club habían sumado una buena cantidad.
«¡Qué chido! Además de encantadora, te trae suerte», pensé.
Cuando llegué a casa busqué una cheve en el refrigerador. La salsa barbacoa de la hamburguesa me había producido una sed terrible. Dejé el borrador sobre la mesa

de la cocina con la intención de revisarlo durante la cena. Fue entonces cuando escuché vibrar el celular. Imaginé que sería Ericka, pero era Lupita. Quería saber si podía pasarse por el apartamento para que hablásemos.

–Lo siento. He tenido un día muy complicado. Estoy cansado y todavía tengo que revisar un presupuesto –dije sin pestañear y me sorprendí a mí mismo con la respuesta.

Era la verdad, pero yo siempre había sido condescendiente con ella.

–Entonces, creo que ya no nos veremos más –dijo y creí advertir rabia contenida en su voz.

–Como quieras, hoy no estoy en condiciones de hablar y además tengo trabajo pendiente. Si quieres, te llamo el miércoles y vamos a comer unas pizzas –ofrecí como para suavizar la situación.

–¿Pero tú crees que yo soy un juguete al que puedes dejar tirado en un rincón cuando tú quieras?

La pregunta me cayó como un balde de agua fría.

–Yo nunca… –quise contestar, pero ya había cortado la comunicación.

Me enfadé. Yo no había jugado con ella, simplemente vivíamos momentos distintos. Me bebí la cerveza y me quedé aletargado en la silla. Cuando desperté eran las dos de la madrugada y ni siquiera había dado una hojeada al presupuesto.

Por la mañana envié un mensaje a Ericka pidiendo disculpas y comprometiéndome a revisar las cifras durante el día. La respuesta no se hizo esperar. Me dijo que no me preocupara, que entendía que estuviese cansado y que me tomase mi tiempo.

Sin querer comparé las dos actitudes, la de Lupita y la de Ericka.

«No seas pendejo, Chío. Lupita lo que quiere es comprometerte a que formes una familia con ella y Ericka solo que le ayudes a definir el precio de un trabajo…», pensé y se me cruzó un presentimiento: ¿No sería yo como mi padre? ¿No habría heredado alguna tara genética que me impedía hacerme cargo de una relación? ¿No estaría Lupita embarazada de la última vez que nos acostamos?

Mi cabeza se quedó en el aire. Imaginé a un hijo mío pasando por las mismas penurias a las que yo había sido sometido.

—Te estás volviendo loco, Chío —me dije en voz alta cuando recordé que habíamos usado condones. No tenía idea de lo que había pasado entre mi madre y el «gringo que la preñó», como solía referirse mi abuela a mi padre. De lo que sí estaba convencido era de que muchas mujeres utilizaban el embarazo como recurso para enganchar a un hombre que se les escapaba. Recordé que mi abuela siempre lo desaconsejaba cuando alguna chatita[27]iba a consultarle conflictos de amoríos.

Quizás si hubiese podido encontrar a mi madre, no tendría el enorme agujero negro de mi origen en la conciencia.

«Es posible que no buscases lo suficiente», pensé otra vez después de miles de veces de cuestionarme lo mismo. Lo raro es que ahora la frase no producía el mismo efecto de culpa devastadora.

«Ella podría haberme llevado consigo o haber vuelto a buscarme», me dije. En el tiempo que había estado esperando la oportunidad de pasar la frontera, había visto muchas mujeres con sus hijos pequeños. Los había envidiado.

Dejé de viajar por el pasado cuando me di cuenta que estaba por entrar con mi camioneta en dirección prohibitda. El claxon de un coche me lo reprochó.

Cuando llegué al negocio decidí centrarme en lo que debía hacer aquel día: revisar riego, atender a los clientes y darme tiempo para repasar los números del proyecto de Kidd. Y eso hice. Encontré que faltaban computar gastos de transporte de los materiales, el volumen de piedra que habíamos calculado estaba equivocado y nos habíamos

---

[27] Chatita: jovencita.

dejado algunos ejemplares sin precio. Busqué además los costos de mano de obra usuales para ese tipo de trabajo y los seguros a tomar para el personal extra que se había de contratar. Entre atender a los clientes y el trabajo administrativo, a duras penas bebí algo de agua durante toda la mañana. Ni se me pasó por la memoria el hecho de que fuese martes y era el día en que José Luis debía venir a grabar el micro. Lo del programa «Perfume de Mujer» y Patrizia Bargas parecía algo muy lejano en el tiempo. Sin embargo, un hombre calvo en mangas de camisa, aunque con corbata mal anudada se encargó de recordármelo a la hora aproximada en que solía grabar los vídeos. Se presentó como abogado de la producción. No miraba directo a la cara y hablaba muy mal, titubeando, como si no tuviese claro lo que debía decirme o se lo hubiese aprendido de memoria.

—Vengo a ofrecerle un acuerdo de buena voluntad para solucionar el litigio que usted mantiene con el programa —dijo después de tartamudear y rebuscar papeles en un portafolios deteriorado.

—Yo no tengo ningún litigio con ningún programa —contesté.

—Bueno, según este contrato usted debería haber pagado, en concepto de publicidad, veintisiete mil trescientos cincuenta dólares.

Mi carcajada se escuchó en el Magnolia Boulevard.

—Por supuesto que hay que descontar su aportación del anunciante Greenpack, en caso de que pague su pauta publicitaria, lo que reduciría el monto a dieciocho mil cuatrocientos dólares.

Volví a reír, pero aquel hombre parecía no enterarse de nada.

—Mis clientes esperan llegar a un acuerdo de buena voluntad antes de llevar el caso a la Corte de Reclamos Menores y le ofrecen saldar su deuda…

—Perdone…

—Solo debería firmar este acuerdo por el cual usted se

compromete…

–¿No me ha escuchado? –Las venas de mi cuello habían comenzado a hincharse–. Yo no he firmado ningún contrato, no tengo ninguna deuda y no voy a firmar ningún acuerdo. ¿Está claro?

–Pues no es lo que dice aquí, señor Malpigia –y meneó unos papeles delante de mi cara.

Lo hubiese matado allí mismo, pero por alguna razón su provocación hizo el efecto contrario.

–¿Me permite ver los papeles? Creo que se ha equivocado de negocio –dije con total sangre fría y noté como el imbécil dudaba. Aproveché el momento para quitárselos de la mano y poner distancia.

–Ahora, ¡váyase! Y dígale a Patrizia que, si sigue molestando, la que irá a parar a los tribunales será ella.

–Esa es solo una copia, los originales están en mi oficina –dijo sin intentar recuperarlos–. Tiene una semana para firmar. Mi nombre y dirección están en el contrato.

Era evidente que había estado actuando. De una actitud titubeante y sumisa, pasó rápidamente a otra seca y altanera. Busqué la última página del supuesto contrato. Allí se registran las firmas y se certifican conforme responden a los intervinientes. Un tal Henry Cousins, abogado certificaba las identidades de Patrizia, de Victoria y la mía.

–¿Henry? –pregunté y el hombre que ya se encaminaba hacia la salida se dio la vuelta–. ¡Usted también irá a los tribunales! Grité y el sinvergüenza levantó la mano y dijo algo así como «ya lo veremos».

Si hubiese seguido mis impulsos habría corrido tras él y lo hubiese llevado a puntapiés en el culo hasta el boulevard, pero vista la desfachatez con que había actuado, no me fie. Hasta podía tener a alguien filmando o haciendo fotos. Dejé los papeles sobre el mostrador hasta que se me pasase el enojo, es decir toda la tarde. Hice un enorme esfuerzo de concentración y, al fin logré sumar todo el proyecto para el jardín de los Kidd. Si a Ericka le había asustado su cifra, cuando viese la nueva entraría en pánico. Después de tantos años trabajando en mantenimiento de jardines, había dejado de preocuparme por los precios. Al inicio todo me parecía caro y cotizaba a la baja. Nadie me decía que estaba cobrando muy barato y en muchos casos perdía dinero. Con el tiempo aprendí a calcular las horas que podía llevarme un trabajo, los desplazamientos y retirada de residuos, a agregar los costos de desgaste de maquinaria y a sumar un porcentaje por los imprevistos que pudiesen suceder. Si ya resultaba penoso cuando en un jardín pequeño no solo no ganabas, sino que perdías cien dólares, en un gran jardín un error de cálculo podía significar la ruina.

Cuando estuve seguro le hice una foto al presupuesto y se la envié a Ericka. Debía estar esperándola porque no demoró ni diez segundos en contestar. Quedamos en que pasaría antes de cerrar e iríamos a beber un café para comentarlo. Y llegó puntual, justo en el momento en que cerraba el portón.

–¿Llego tarde? –preguntó pasándose las manos por el cabello como si hubiese venido corriendo.

–No, para nada –contesté y entonces me percaté que los papeles del abogado estaban todavía sobre el mostrador.

–Perdona un segundo –dije y volví a entrar.

–¿Alguna novedad? –preguntó.

–Sí, más problemas… –contesté.

Ericka se tapó la cara con las manos.

–Si quieres dejamos lo del presupuesto para otro día. Prometí a Kidd que lo llamaría mañana, pero puedo cancelarlo…

–No, no. Quiero explicarte lo que he agregado y por qué ha subido. Supongo que debes estar preocupada.

–Aterrorizada.

–Pues entonces nos vamos a por un café, una cerveza, o un tequila.

Al acabar de repasar todos los costos, Ericka me dio la razón, aunque creo que siguió atemorizada.

–Si quieres volvemos a mirarlos por si se puede reducir

algo –dije para intentar animarla.

–No es necesario, necesito tiempo para convencerme a mí misma de que el precio es bueno. De hecho, debo agradecerte las horas que has invertido en este proyecto. No podría haberlo hecho sin tu ayuda.

–Y yo no podría haber diseñado algo así. Creo que es muy bueno y a los Kidd les va a encantar. ¡Es exacto lo que pidieron!

La vi bajar los ojos y ruborizarse.

–Creo que haremos un buen equipo –dijo en voz baja y sentí un cosquilleo en el estómago.

–Ahora dime qué nuevos problemas se han agregado. He visto que has recogido unos papeles…

Le extendí el sobre con el acuerdo y el contrato que me había entregado Henry Cousins y todavía no había leído.

–Pero, ¡Esto es el colmo de los colmos! –exclamó–. ¿Tú firmaste este contrato?

–¡Qué va! La firma que aparece allí no es mía. La han falsificado y encima pretenden que firme un acuerdo para saldar mi supuesta deuda… Todavía ni lo he mirado.

–Creo que ahora sí necesitas un abogado. Hablaré con mi padre para saber si ha podido averiguar algo.

–Te lo agradezco. Y pregúntale cuánto me cobraría para llevar el caso. Algo tengo ahorrado.

–¿Me dejas los papeles para hacerles una foto y enviársela?

–Si, por supuesto. No tengo idea de qué es lo que pretenden y no me he querido enojar más de lo que ya estoy.

–Según lo que dice aquí quieren que firmes un compromiso de pago. Te proponen que hagas un año de vídeos cada semana o pagues dos mil dólares mensuales para saldar la deuda…

–¡Qué hijas de puta, perdón!

–¡Más que eso! ¡Son unas estafadoras en toda regla!

IX

La voz de Jimmy Lambert era serena y calmada. Transmitía confianza y seguridad. Me preguntó si tenía residencia legal y cómo había regularizado mi situación, mi relación con Britt Stanley y quiénes me habían propuesto grabar los micros de jardinería. Lo de Britt me llamó la atención. También los policías que habían venido al garden me habían preguntado si la parcela era de su propiedad. ¡Qué más daba! Como si hubiese sido de George Washington... Yo no tenía idea de la profesión de Britt. Solo sabía que me había ayudado con mi documentación y el ingreso al DACA[28]. Por las noticias sabía que los esfuerzos de Barak Obama por proteger a los inmigrantes estaban siendo eliminados por la nueva administración. Para mí lo importante era tener un permiso de trabajo, haber podido asistir mínimamente a la escuela y no tener que esconderme como si fuese un delincuente.

—Voy a viajar a Los Ángeles esta semana. No lo hago por usted sino para ver a Ericka, por lo tanto, creo que podremos reunirnos para valorar la situación. Nada formal, no le

---

[28] DACA: *Deferred Action for Childhood Arrivals:* Acción diferida para los llegados en la infancia. Política migratoria impulsada por Barak Obama para proteger a ciertos inmigrantes indocumentados llegados durante la infancia a Estados Unidos.

costará nada… Bueno, como mucho un par de tequilas. Los extraño desde que volví de México.

Se me saltaron las lágrimas. Dar con gente buena, honesta y dispuesta a ayudar nos reconcilia con el género humano.

—¿Cree usted que será posible acabar con todo esto? Yo quiero centrarme en mi trabajo y mi negocio… —pregunté con ansiedad.

—Mire, por lo que he visto no tienen una base legal a la cual recurrir. Y si como me ha dicho Ericka el contrato es falso, no se permitirán llevarlo delante de un juez.

—Pero, es que además ellos me deberían dinero a mí porque no han puesto la publicidad que pactamos —protesté ya nervioso.

—Lo entiendo, pero no hay nada firmado que lo corrobore. Usted puede hacer un micro de jardinería gratis, pagando o cobrando en publicidad. Demostrar lo que usted dice significa ir a juicio, buscar testigos, recibir apelaciones… No creo que esté dispuesto a meterse en semejante problema.

—Si hay opciones de ganar y les arruino la vida, no sé si no estaría dispuesto… —contesté con rabia.

—Yo no se lo aconsejo. Debe haber alguna razón por la cual se han tomado la molestia de intentar estafarlo u obligarlo a hacer lo que ellos quieren. Déjeme que acabe de recopilar información sobre esta gente y sobre el abogado. Eso nos dará claridad a la hora de negociar.

«¿Negociar? », me pregunté. «¿Hay algo para negociar? » No dije nada, pero comencé a arrepentirme de haber pedido ayuda al padre de Ericka. Después de todo tanto Patrizia Bargas como Vicky Cabrera podían ser dos viejas retorcidas, unas brujas «comemierda» como las llamaba José Luis, pero dudaba mucho que fuesen influyentes. Su programa de televisión era un grano de arena en el desierto.

«No hay mejor defensa que un buen ataque», pensé y, lo que yo haría si fuese mi propio abogado sería amenazarlas con llevarlas a los tribunales por falsificación de documentos. Luego negociaríamos, pero con la pelota en su tejado. Mi mayor duda era mi origen inmigrante, aunque ahora fuera legal. Sin embargo, «Bargas» y «Cabrera» tampoco es que fuesen muy estadounidenses.

En ese momento se me cruzó una duda por la cabeza. ¿Quién firmaba el contrato falso de su parte? No lo había vuelto a mirar para no ofuscarme más.

Busqué los papeles y leí el encabezado: «Por una parte Patrizia Crowford y ¿Victoria Pierce…? »

En el caso de Patrizia era evidente que estaba casada legalmente con John Crowford. Aunque tenía acento colombiano, no parecía tener sangre latina. En cambio, Vicky era morena y el acento parecía cubano o puertorriqueño. Por lo que había captado era divorciada, así que el apellido Pierce resultaba extraño.

Estaba inmerso en mis elucubraciones cuando sonó el teléfono. Era Ericka y su voz mostraba bastante excitación.

–¡No me digas que los Kidd aceptaron el presupuesto! –dije con la esperanza de recibir una buena noticia.

–Ojalá fuera cierto. Les ha gustado mucho el proyecto, pero están evaluando otras dos opciones y el nuestro no es el más bajo –contestó con tono pesimista y, hasta se me ocurrió que tenía un dejo de reproche.

–Te dije que habías hecho un trabajo excelente, si no lo aceptan, peor para ellos…

–Estaba muy ilusionada…

–¡Espera! Todavía no han dicho que no.

–No te llamaba por ese tema. He hablado con mi madre. ¿Te acuerdas que te comenté que es un poco…?

–¿Bruja?

–Sí, en cierto modo. Le comenté tu problema: lo de las rudas, las ratas, la intervención de la policía y los problemas con las dos mujeres del programa…

–Okey. ¿Y qué opina?

–Está segura que no son las dos mujeres las responsables sino un hombre malvado y sin escrúpulos. Él las maneja a su antojo como si fuesen títeres… ¡Y es muy peligroso!

–La verdad, no lo entiendo. El único hombre que conozco relacionado con las dos mujeres es John Crowford, el marido de Patrizia y es un vejestorio que ni siquiera habla.

–Quizás no está a la vista, o no lo conoces. Te lo comento porque mi madre insistió mucho en que tuvieses cuidado, me habló de una secta muy poderosa…

–¿Sabes el nombre?

–¿De quién?

–De la secta…

–No me lo dijo, solo que en ella hay gente muy importante.

El mensaje me dejó confundido y bastante nervioso. No porque crea a pie juntillas las predicciones o adivinaciones de una bruja. Mi abuela tenía muy buenas intenciones, pero muchas veces le había oído decir cosas que ni yo me creía.

Decidí que lo mejor era esperar a Jimmy Lambert para ver qué había averiguado en realidad. Los días pasaban y todavía no había contestado la propuesta para los dos programas nuevos, ni siquiera los había mirado. Pensé en llamar a Lupita. Con seguridad tenían cable en su casa y podía ir allí a verlos o pedirle que me los grabara.

Me arrepentí. Lo que menos necesitaba en esos momentos era soportar caras largas o tener que dar explicaciones por algo que no había hecho. Entonces recordé a José Luis. Quizás él podría copiarme un programa de *«Open Doors»* tal y como había hecho con «Perfume de Mujer». De paso, con seguridad averiguaría algo de lo que estaba pa- sando con las dos «viejas comemierda».

Lo llamé.

–¡Asere qué bolá! La verdad estaba extrañando oírte y los micros de los martes…

–Pero solo no has venido este martes –contesté.

–Cierto, chico, pero es que yo disfruto mucho grabando en tu garden y también aprendo…

Yo no podía creer que José Luis estuviese interesado en algo que no fuese una mujer.

—Puede que lo vuelvas a hacer…
—¿Sí? ¿Has hablado con las viejas comemierda?
—No, eso está acabado, pero estoy estudiando la posibilidad de grabar para «*Open Doors…*»
—¡Qué chévere, chico! Esos sí que son profesionales de verdad, te lo dije cuando viniste un día al estudio. El George Mutti…
—¡José Luis! Todavía no está decidido.
—Pero, ¿tú qué esperas? Es un programa excelente, lo ve muchísima gente ¡chico! Ya te decía yo que tu micro era bueno. ¿Te han ido a buscar los de «*Open Doors*? » ¡No me lo puedo creer! Eres un *number one, brother*.
—¡José Luis! Solo estamos hablando, pero necesito que me hagas un favor.
—Lo que tú digas ¡chico! Si quieres puedo prepararte un portfolio con los mejores momentos de tus programas. Tengo el material y quedará chévere. También puedo hablar bien de ti con George Mutti, tenemos muy buena onda. No va a costarte casi nada y hasta puedo hacerlo gratis si me tiras un cabo con esa morena preciosa que bebía café contigo el otro día…
—¡José Luis! ¿Quién te ha ido con el cuento?
—¡Te he visto con estos ojitos! He pasado por delante de ti y ni te has enterado. Estabas muy acaramelado.
—No es lo que piensas.
—Bueno, si quieres te pago para que me la presentes, es un bomboncito perfecto para este morenito simpático y juguetón. ¡Que ando sin compañera para bailar salsa!
—¡José Luis!
—¡Bueno, chico! ¡Qué es muy difícil hacer bisne[29] contigo! ¿Es tu novia?
—No, una colaboradora y amiga. Y ahora, ¿puedes escucharme un segundo?
—Si trabaja en tu *garden* mañana mismito voy a hacerte un reportaje…

---

[29] Bisne: Cuba. Negocios.

—No, José Luis, es diseñadora de jardines.

—Pues dile que le hago un reportaje a uno de sus jardines, y un portfolio y lo que haga falta…

—¡Basta! Necesito que me hagas copia de un programa de *«Open Doors»* para verlo en el computador. Quiero ver si mis micros cuadran con la línea del programa. Si quieres paso por el estudio mañana a retirarla.

—Ya te digo yo que encaja perfecto. Estos de *«Open Doors»* no son tontos. Si te han ido a buscar es porque les interesas.

—¿Me harás la copia?

—¡Claro chico! Y si vienes a buscarla trae a la morenita contigo.

—No puedo, tenemos reunión en el vivero y luego debe ir a ver a un cliente —mentí. No había tal reunión, pero me jugaba una botella de tequila del bueno a que me traería él mismo la copia.

—Si estás complicado no te molestes en venir, chico. Ya te la llevaré yo. ¿A qué hora tienes la reunión?

Lo sabía. Y ahora tenía toda su atención.

—También hay otro programa que me han comentado. Se llama *«Periodical News…»*

—Ese es otro nivel, chico. Ya no lo grabamos nosotros. Creo que una parte va en vivo desde CBS. No hace falta tener cable, puedes verlo en el *computer*.

—Okey, José Luis. ¡Gracias! Mañana vente cerca de mediodía que ya habremos acabado la reunión.

—¡Chévere, chico! Mañana me tienes ahí…

Me llamó la atención el hecho de que no hubo una sola referencia a Patrizia Bargas o a Vicky Cabrera. Y José Luis era una máquina de hablar. Asumí que, una vez consumado el acto de coaccionarme, se cuidarían de andar haciendo públicas sus intenciones.

Por la noche busqué el programa *«Periodical News»*. Era una especie de telediario en el que especialistas en distintos temas comentaban las noticias del momento. También había espacios de salud, viajes y deportes. Sentí un poco de miedo. Se notaba que todos eran profesionales. Temí que el «zapato me quedase grande», como solía decir mi abuelo cuando alguien quería hacer algo más allá de sus capacidades.

«¡Ándale Chío! ¡Pruébalo! Si no das la talla ya te dirán enseguida que no vuelvas. Tampoco creías poder ponerte frente a una cámara», me dije para mis adentros.

Al día siguiente José Luis llegó a las doce en punto, recién duchado y perfumado.

—¡Oye chico! Este centro de jardinería está cada día más lindo y con más producto… —me aduló al entrar mientras se quitaba las gafas de sol.

—¿Qué onda güey? ¡Si es que pareces un galán de cine en lugar de un cámara! —devolví la cortesía.

—¿Y la morenita? —preguntó mirando hacia todas partes.

—No ha podido venir. El cliente que debía ver después de la reunión la llamó a último momento para adelantar la cita.

—¡Asere, toy desolado! Con lo entusiasmado que estaba yo por conocerla. Es un caramelito la morena. ¿Cómo se llama?

—Ericka, pero debo decirte que tiene novio.

—¡Yo no soy celoso, chico!

—Pero él creo que sí. Bueno, ¿me has traído el pendrive con el programa?

—Por supuesto, ¡chico! ¿Tú que cree? Soy de palabra, no como otros…

Dejé pasar la provocación con una sonrisa.

—Si ella y yo seguimos trabajando juntos y tú sigues grabando mis micros, de seguro la conocerás.

—Si es para las viejas comemierda, seguro que no grabaré más micros tuyos. ¡Se formó tremendo belebe[30], hermano! A mí ni me hablan.

—¿Por qué?

—Dicen que nosotros te informamos que no estaban po-

---

[30] Tremeno belebe: Cuba. Problema de gran tamaño.

niendo la publicidad.

—¡Eso es ridículo José Luis! Con ver un solo programa es suficiente para enterarse. Además, está lo de Greenpack. El gerente ha venido a quejarse del trato que les dieron. Estuve a punto de comentarle lo del contrato falso y de lo que pretendían para pagar mi supuesta deuda, pero me mordí la lengua y no dije nada. Primero debía hablar con el padre de Ericka.

—¡Déjalas, hermanito! Ya tendrán lo que se merecen. Yo les grabo el programa como sale y ellas que quiten o pongan lo que les dé la gana. «Si tú comienza» a grabar para George Mutti, yo encantado de venir a verte. Esa es gente profesional que sabe lo que hace.

Era evidente que ni José Luis ni su hermano querían problemas. Llegado el caso tampoco me defenderían y ni hablar de llamarlos como testigos si había un juicio.

«Lo que hace el dinero», pensé.

No esperé a llegar a casa para ver el programa. Coloqué el pendrive en el portátil y aproveché que no había demasiado movimiento en el negocio para mirarlo. Me resultó indudable que George Mutti era un profesional con mucha experiencia. Se movía con total soltura delante de las cámaras. Era divertido, pero respetuoso del trabajo de sus columnistas y siempre tenía para todos una palabra de elogio. El programa era muy entretenido, incluso para mí que no me gusta ver televisión. Se hacían entrevistas a invitados, se comentaban noticias… El formato era parecido a *«Periodical News»*, pero más íntimo e informal. Incluso llegué a notar que varios de los periodistas eran los mismos en uno y otro.

Durante un buen rato estuve analizando la decisión a tomar. Por una parte, me sentía orgulloso de que me hubiesen propuesto participar en dos programas tan buenos. Sabía que podía significar un gran paso para mi negocio ya que la publicidad allí sí que llegaba a un público más amplio. También el renombre que obtendría sería importante y hasta quizás cumpliría el sueño de tener programa propio. Pero…

–Siempre hay un «pero», Chío –me dije en voz alta.

La exigencia sería, con seguridad, mucho mayor. Ya no podría casi improvisar los temas, necesitaría tiempo para prepararlos. Si debía ir a los estudios donde se grababan los dos programas, eso implicaba tiempo y costos de desplazamiento.

–Se me ocurre que estás poniendo pegas de cobarde…

–¿Yo cobarde? ¡No seas pendejo! No puede ser muy distinto que grabar para las viejas, incluso seguro que es mejor, pero la realidad…

–¡Otro «pero» más!

–¡Dejémoslo por ahora! Mañana con la cabeza fría veremos lo que haremos.

Es curioso y hasta divertido cómo llego a discutir conmigo mismo cuando debo tomar una decisión importante.

Recuerdo que solía hablarme frente al espejo cuando era pequeño y esa costumbre volvió a aflorar con fuerza mientras preparaba el paso de la frontera. Ya en Estados Unidos se transformó en una necesidad para no sucumbir. Yo era mi único amigo y en el único en quien podía confiar.

Salí del negocio cuando ya anochecía. De camino a casa compraría algo para la cena y una botella de tequila del bueno para regalar al padre de Ericka. Llegaría al día siguiente, pero no me había dicho cuándo nos reuniríamos. Lo menos que podía hacer era regalarle un tequila de la mejor calidad.

A esas horas el Magnolia Boulevard suele estar bastante desierto y en algunas zonas no demasiado iluminado. No había hecho ni cincuenta metros cuando vi el reflejo de luces de una patrulla en mi retrovisor. Intenté avanzar unos metros hasta un punto con más luz, pero el pitido de la sirena hizo que detuviera la camioneta en seco.

«Me cayó el chahuistle», pensé.

–¿Por qué no se detuvo? –preguntó el policía sin saludar primero. Me colocó una linterna frente a la cara para que no pudiese verle el rostro.

–¡Baje del vehículo! –gritó amenazador.

–¿Puede decirme a qué se debe esto, señor? –dije muy lento. Intentaba estar calmado, pero sabía que no era el procedimiento. No me había pedido documentación y nunca hacen descender del vehículo sin solicitarla.

–¡Baje del vehículo y ponga las manos donde pueda verlas! –rugió y se llevó la mano a la cintura.

Obedecí.

–¡Dese la vuelta, las manos sobre el coche!

En cuanto me giré recibí un tremendo golpe en la cabeza, luego otros en las costillas. Intenté protegerme con los brazos y comencé a gritar pidiendo ayuda.

–¿Quién va a ayudarte «espalda mojada» de mierda? ¡Tu amigo Britt Stanley no está aquí para hacerlo! –me repetía y volvía a descargar otro golpe. Cuando estaba a punto de caer vi que se encendían las luces de la casa que estaba frente a nosotros y luego, la oscuridad.

Me desperté dentro de una ambulancia. Tenía la cabeza inmovilizada, cables que me salían del pecho y una vía de suero en un brazo. Intenté incorporarme, pero unas manos me sujetaron desde atrás.

–Tranquilo, quédese quieto. Ha sufrido un trauma y vamos a llevarlo al hospital –dijo una voz femenina con dulzura.

Entré en pánico. Me vino a la cabeza que solo el llamar a una ambulancia cuesta más de mil dólares y que te lleven a un hospital puede ser tu ruina. Yo tenía un seguro sanitario mínimo por si alguna vez debía ir al médico y el del carro, que cubría los accidentes.

No lo dudé. Me arranqué las ventosas del pecho y me quité la vía del brazo, salté de la camilla y bajé de la ambulancia. En la calle un hombre hablaba acaloradamente con un paramédico. En la acera una mujer y dos niños observaban abrazados. A pesar del mareo logré llegar hasta mi camioneta. La puerta estaba abierta, alguien había abierto la guantera y mis papeles estaban sobre el asiento del conductor. Quise quitarme el collarín que me impedía mover el cuello, pero la mujer que me había hablado antes y un fornido enfermero me lo impidieron.

—Vuelva a la ambulancia, por favor —me pidió la mujer.

—Estoy bien —contesté—. Y no puedo ir a un hospital. No podré pagarlo.

—Pero necesita atención médica, está muy golpeado —repuso el paramédico dejando al hombre de la acera.

—Estoy bien —insistí y me dirigí hacia el señor que había vuelto a hablar con el personal sanitario

—Ya no voy a discutir más con usted. No voy a llamar a la policía. Ya le dije que es vecino nuestro, tiene su negocio en esta misma calle y quienes lo golpearon eran policías de Los Ángeles. No se resistió y los oficiales huyeron cuando nos vieron salir de casa —escuché que decía.

—Lo entiendo, señor. Y vuelvo a solicitarle que nos facilite la grabación de su celular. De esa manera podremos informar de lo sucedido a las autoridades —replicó el paramédico con voz persuasiva.

—De ninguna manera. Llame a su superior o al jefe de policía, me da igual. Yo no entrego la grabación si no es a un juez o a la prensa.

Quise extender el brazo y decirle que por favor no cediera, pero un dolor muy intenso en el costado me dejó sin aliento. Vi pequeñas estrellas sobre un telón negro y perdí el conocimiento.

Cuando al fin desperté era de día y no estaba en mi cama. Quise darme la vuelta y algo tiró de mi brazo. Tenía la cabeza como atornillada a la almohada y me costó abrir los ojos.

—Ha tenido suerte —dijo una voz masculina, pero no lo distinguí. Veía borroso.

—Tiene una contusión cerebral, pero no es grave. Dos costillas fisuradas y unos cuantos golpes que comenzarán a ponerse de un bonito color violeta. Por lo demás, se encuentra bien.

—Tengo que irme —alcancé a balbucear porque la lengua se me pegaba al paladar. Alguien introdujo un tubo plástico en la comisura de mi boca y me dio agua.

Volví a abrir los ojos y comencé a ver más claro. A mi lado había una enfermera y frente a mí un médico que apuntaba algo en una planilla.

–Tengo que irme –repetí– debo abrir mi *garden*. ¿Qué hora es?

–Son las ocho y treinta de la mañana. Y me temo que, si todo sigue bien, deberá quedarse en observación veinticuatro horas. Le daré el alta de acuerdo a su evolución –contestó el médico.

–¿Cuánto va a costarme? –pregunté.

–No lo sé, amigo. Soy médico, no administrativo.

–Entonces debo irme. No podré pagarlo –insistí.

–Mire, el dinero puede recuperarse, su vida no. Agradezca que está vivo y bien dentro de todo. Podrían haberlo matado. Por favor, enfermera, páseme un espejo que quiero que este señor vea de qué se ha salvado.

Se me cayeron las lágrimas cuando me vi. Tenía un ojo prácticamente cerrado, la cara hinchada y los labios amoratados.

–Piense que la cara es lo que menos sufrió porque le pegaron desde atrás. Así que cálmese y procure dormir. Le hemos puesto un sedante para que descanse. Pasaré a ver cómo está a última hora.

–¿Podemos avisar a alguien? ¿Tiene usted familia? –la enfermera se acercó con una libreta y un bolígrafo. Meneé la cabeza.

–¿Amigos?

–Mi celular –respondí con dificultad. El sueño me estaba venciendo, me lo alcanzó y busqué en mi agenda. No se me ocurrió nadie más a quien llamar que a Ericka.

–Yo telefoneo por usted, no se preocupe. Descanse.

X

Desde mi llegada a Tucson, cuando crucé la frontera, nunca había estado tanto tiempo encerrado en un sitio. Aquella vez esperaba una oportunidad y huía de un pasado angustioso. Era casi un niño que buscaba a su madre. El lugar, un depósito mugroso y abandonado en el que convivía con otros como yo. Ellos aspiraban a un futuro mejor, a conseguir el «sueño americano». Nunca volví a verlos, quizás lo consiguieron, tal vez en lugar de sueño fue pesadilla.

Ahora llevaba una semana en mi apartamento. Era mucho más confortable que aquel tugurio de Tucson. Podía beberme una cerveza si me apetecía, comer lo que quisiera o mirar un documental en mi computadora, pero las sensaciones de incerteza, inseguridad y temor eran similares. «Quizás no se vayan nunca», pensé. Y me pareció lógico. Por más que quisiese camuflarme seguiría siendo siempre un inmigrante, un forastero, un ciudadano de segunda. En cierto modo Lupita tenía razón con lo de la discriminación.

–Pero si tú siempre has sido un discriminado –me dije– porque no tenías padres, porque tu abuela era una bruja, porque eras pobre… –Sentí una puntada en la ceja y fui a mirarme en el espejo del baño. El ojo ya estaba abierto casi del todo, aunque el derrame lo hacía bastante impresionante de ver y tenía media cara de un color verdoso repulsivo.

«El increíble Hulk», pensé y cuando sonreí volvió a aparecer un hilo de sangre en el labio inferior. Fui a sentarme en la cocina. Todavía no podía hacerlo en el sofá. Un dolor punzante en las costillas me quitaba la respiración. Pensé en el *garden*. ¿Estaría todo bien regado? Confiaba en Ericka, pero ella no tenía experiencia en eso. No sabía cuántos clientes perdería por tener el negocio cerrado, pero no podía arriesgarme a tener que volver al hospital. Según algunos compadres del barrio, las facturas podían llegar con dos o tres meses de retraso. Cuánto más demoraban, más abultadas eran.

Comencé a sentirme inquieto. Todo estaba en el aire. Jimmy Lambert había suspendido el viaje. Según me había dicho la situación había tomado un cariz muy distinto luego de la paliza que me propinaron y necesitaba más tiempo para conseguir información.

«Quizás sea una excusa y haya renunciado a ayudarme», pensé. Yo estaba seguro que detrás de todo estaba Patrizia Bargas, pero… ¿Y si no era así? Podía ser que la madre de Ericka tuviese razón y quien estuviese acosándome fuese un hombre malvado. ¿Quién? Ya había estrujado mi cerebro para tratar de entenderlo. No había sido capaz, como tampoco había logrado comprender muchas cosas a lo largo de mi vida.

Comenzó a dolerme la cabeza otra vez. Era una presión que se iba metiendo en mi cráneo y llegaba un punto en que no me dejaba pensar. Miré el reloj de pared. Todavía faltaba una hora para el analgésico. Me lo tomé igual y detrás una cheve para que me calmara un poco la sed y la ansiedad. Por suerte no estaba Lupita para regañarme porque no se pueden mezclar medicamentos con alcohol. Yo no había querido que Ericka le avisase de mi estado, pero me convenció.

–Necesitas que alguien te haga la compra y vaya por los medicamentos –dijo y tenía razón. Ya ella había hecho bastante con buscarme en el hospital. Además, se había comprometido a pasar por el negocio dos veces por día, vigilar el riego, darle de comer a los Koi y recoger la correspondencia. Sin contar con que los Kidd habían resultado un tanto pesados y aun sin aceptar todavía el presupuesto querían hacer cambios en el diseño.

Y Lupita había estado muy atenta los tres primeros días. Se quedó conmigo y no me hizo faltar nada. Al principio me resultó un tanto agobiante tanta dedicación. Parecía que intentaba demostrarme algo y fui muy sincero con ella. Intenté explicarle que entre Ericka y yo no había más que una incipiente amistad y la colaboración de una diseñadora de jardines y el dueño de un *garden center*.

Finalmente me dijo que iba a volverse a México porque su padre estaba dispuesto a pagarle una carrera universitaria allí, que quería vivir en su país porque no se hallaba a gusto en Estados Unidos. Me pareció muy acertada la decisión. Al tercer día me informó que sus padres le habían aconsejado no seguir viniendo a verme porque pensaban que podía perjudicarlos el hecho de que su hija tuviese contacto con alguien que había tenido problemas con la policía. Me quedé de una sola pieza. Me conocían de cuando había llegado al barrio. Sabían que siempre me había esforzado por salir adelante y nunca me había metido en problemas. Hasta hacía unos días me consideraban un buen partido para su hija.

«Hablando de discriminación», pensé.

El analgésico y la cerveza comenzaron a hacer efecto. Me estiré entre dos sillas buscando evitar posiciones que me produjeran dolor y dejé vagar mi mente.

—¿Quién va a ayudarte «espalda mojada» de mierda? ¡Tu amigo Britt Stanley no está aquí para hacerlo! —recordé que el policía me decía mientras me golpeaba. Estaba recuperando la memoria de lo que había pasado. El médico ya me lo había anticipado. Podía tener amnesia postraumática durante días o semanas. Busqué el celular y llamé a Jimmy Lambert. Me atendió al instante.

—Eso puede significar que los hechos no tienen nada que

ver con el programa de televisión –dijo–. Aunque yo no lo creo.

–Pero, es que Britt Stanley es el dueño del terreno donde tengo el vivero, nada más. Le mantuve su jardín durante un tiempo y me ayudó a regularizar mi situación. ¡No sé ni a qué se dedica!

–Tranquilo. Todo eso ya lo sé. Lo que acaba de decirme termina de desenredar la madeja. No se preocupe. El lunes estaremos en Los Ángeles. Ya le avisaré para reunirnos. ¿Cómo se encuentra?

–Mejor, un poco dolorido, pero solo cuando respiro o me río. Y no tengo muchos motivos para la risa en estos días.

–Todo se arreglará. Confíe en nosotros. Ahora debo colgar porque estoy en una reunión.

«¿Nosotros? », pensé. «¿El lunes estaremos allí? ¿Quiénes? »

El padre de Ericka me había dicho que no iba a costarme nada, pero si entraba más gente en el caso y había que pagarles… No me podría negar.

–¡Por dios Chío! ¡Deja ya de preocuparte! –me grité y se me cortó la respiración por el dolor en las costillas.

Encendí la computadora. Necesitaba algo que me diera esperanzas, que transformara mis miedos. Sin pensarlo tecleé Kawoq en el buscador. Leí que los nacidos bajo ese nahual somos propensos a los problemas, suelen echarnos la culpa por cosas que no hemos hecho, nos enojamos con facilidad y metemos las narices donde no nos importa.

«¡Ácala! Ahí lo tienes, Chío», pensé. «Lo que deberías haber hecho fue dejar el programa en cuanto no te convenció».

Por suerte para mi nahual ya había hablado con los productores de «Open Doors» y «Periodical News». Les había explicado la situación en que me encontraba y les había comunicado que de momento no podía hacerme cargo de los micros. Y como ellos tenían prisa por definir la incorporación, les sugerí que buscaran a otra persona.

«No más problemas, Chío. Vamos a salir de ésta y a concentrarnos en lo que de verdad importa», pensé complacido.

Me levanté de la silla esperando la punzada en el costado, pero no sentí dolor. Los primeros días, aún con analgésicos debía moverme como RoboCop, cualquier giro de torso o inclinación suave era un suplicio.

«Mañana podrías salir a caminar un poco por el barrio», pensé entusiasmado.

—¿Por qué no ahora? —me pregunté en voz alta mientras buscaba las gafas de sol.

Descendí las escaleras con sumo cuidado. Todavía sentía mareos cuando bajaba la cabeza. El médico me lo había advertido al darme el alta. Me dijo algo como que tenemos un laberinto en los oídos que nos ayuda a mantener el equilibrio, al inflamarse, deja de funcionar correctamente y parece que nos precipitáramos cuando hacemos movimientos bruscos.

Eran las cinco y media de la tarde y la avenida Rowan me pareció demasiado desierta. No le hice caso porque yo rara vez caminaba por el barrio a esas horas. Como casi todos los vecinos, salía por la mañana y volvía por la noche. Conseguir nuestros sueños implicaba trabajar, trabajar y trabajar.

Caminé en dirección contraria al centro y me detuve frente a una casa gris, de tejado blanco, en la esquina opuesta al mercado de carne. Aquella construcción me gustaba. Tenía dos *prunus pissardi,* uno en el jardín y otro en la acera. A finales del invierno sus flores rosadas alegraban todo el vecindario. Había intentado varias veces arrendar el primer piso de esa casa, sin éxito. En verano me iba munido de una bolsa a recolectar los frutos. Nadie los consumía porque pensaban que eran tóxicos y yo preparaba jalea para todo el año. A los dueños de la casa les hacía un favor porque la fruta madura acababa cayendo y manchando de rojo todo lo que tocaba. «Este año poca fruta darán», pensé mirando entre el follaje.

Me sentí observado pese a no haber nadie en la calle. Me pareció adivinar movimientos tras las ventanas. «Chío, te estás volviendo obsesivo», pensé.

–¿Qué onda güey? –El saludo a mis espaldas me sobresaltó. Me di la vuelta y vi a Juanito, el hijo de Pepe «el pelos» que se acercaba con la mano levantada amagando una palmada cariñosa.

–¡Por favor, no! –alcancé a suplicar y la mano se detuvo en el aire.

–¿Cómo estás, Chío? –preguntó cuando llegó a mi lado– ¿todavía duele mucho?

–Bastante menos, gracias. Solo cuando respiro y cuando me río. Lo primero no lo puedo evitar y reírme… No tengo muchos motivos últimamente.

–¡Cuídate, compadre! Y disculpa si no te hemos ido a ver. La cosa se está poniendo muy fea por aquí.

–¿Fea? ¿Qué ha pasado?

–Los *ICE*[31] han realizado tres procedimientos esta misma semana. Se han llevado a siete personas. La gente está con miedo.

–¿Los *ICE*? ¿A quién se han llevado?

–Seguro que no los conoces, los más cercanos vivían al final de Folsom Street. Debo irme. ¡Cuídate!

Me quedé esperando una explicación mejor. «¿Qué tengo que ver yo con las redadas del *ICE*?», me pregunté y por mis neuronas comenzaron a circular ideas raras. Imaginé que mis vecinos podrían haber pensado que me habían torturado para que delatara a quienes eran ilegales en el barrio.

–¡Si yo no tengo ni idea de quién es o no es! –exclamé en voz alta–. Y tampoco me importa –agregué justo en el momento en que alguien me chistaba.

«Menos mal que no dijiste <ilegal>», pensé.

El chistido se repitió. Provenía de la casa que estaba frente

---

a mí. Allí vivía doña Teresa y su hijo. Miré hacia la puerta de entrada y una mano me hizo señas de que me aproximara. Pasé a través del pequeño jardín que, por cierto, estaba bastante descuidado e ingresé al recibidor. Entre la poca luz que había y mis gafas oscuras no veía nada. Y no hizo falta tampoco. Desde el interior apareció una figura que adiviné como la de doña Teresa, puso una bolsa de plástico en mis manos y me empujó hacia afuera cerrando la puerta tras de mí.

Me quedé de pie en la entrada. Cada vez entendía menos. Abrí la bolsa y en su interior encontré dos paquetes de frijoles y uno de harina de maíz.

–¡Doña Teresa! –grité para que me escuchara porque sabía que era sorda–. Tengo suficiente comida. No es necesario que me dé nada.

Volví a escuchar el chistido y desde la ventana una mano me hizo gestos de que me fuera.

Seguí caminando como atontado. Necesitaba saber qué estaba pasando realmente y por qué lo relacionaban conmigo. Comencé a entender la actitud de los padres de Lupita, aunque no la de ella. Podría haberme explicado lo del *ICE* y haberme dicho que la gente tenía miedo que yo tuviese algo que ver en ello. Desde que había asumido el nuevo gobierno se sabía que la tolerancia para con los inmigrantes iba a ser nula. Las noticias contaban casi cada día sobre los retrocesos que se estaban produciendo respecto a la anterior administración y las bravuconadas del nuevo presidente. «¡Construir un muro! », pensé meneando la cabeza y no sentí dolor.

Sin darme cuenta había dado toda la vuelta y estaba frente a la casa de Cisco, mi compadre, que entre otras cosas me había ayudado a exterminar las ratas de mi *garden*. Debía estar por regresar de trabajar y no había nadie en el vecindario en quien confiase más. Francisco «cazafantasma» Hernández no solo era el exterminador de plagas más conspicuo del Este de Los Ángeles sino también un mariachi que animaba reuniones, organizaba las fiestas tradicionales y hasta oficiaba en algunos casos como mediador cuando había alguna diferencia entre vecinos. Él me había alojado en su buhardilla cuando decidí dejar las calles y había conseguido que me arrendaran el departamento en que vivo.

Abrí la puerta de cancela y me senté en su porche. Allí siempre había sillas plásticas para quien quisiera compartir una cerveza con Cisco. No tuve que esperar mucho, en unos minutos su camioneta blanca aparcó frente a la casa.

–¿Qué hay Chío? Dame unos minutos para quitarme el mono y ducharme –dijo pasando delante de mí con la mascarilla todavía colgando del cuello. Lo perseguía una nube de olor a insecticida.

«No puede ser muy sano andar todo el día oliendo esa mierda», pensé.

–¡Ve al refrigerador y agarra una cheve mientras esperas! –gritó desde dentro del baño.

–¡Okey compadre no te preocupes! –contesté, pero me quedé sentado donde estaba. La ausencia de dolor y el estar al aire libre me habían producido una agradable sensación de relax.

No duró demasiado. Era la hora en que casi todos regresaban a sus casas luego del trabajo. En nada comencé a escuchar gente que saludaba al pasar por la calle.

–¡Hey Chío! ¿Cómo estás? ¿Bien? ¡Cuídate! –y cosas por el estilo. También hacían sonar el claxon y hacían la V con los dedos, en señal de victoria.

Quedé desconcertado. En ese momento llegó Cisco secándose la cabeza con la toalla en una mano y dos cervezas en la otra.

–¿Qué? ¿Ahora tienes vergüenza de entrar en mi casa güey? –preguntó mientras ponía los botellines sobre la mesa.

–¿Qué está pasando Cisco? Salí a caminar y primero pareció que todo el mundo me evitaba, después el hijo del «pelos» me dijo que se estaba poniendo muy feo por aquí y doña Teresa me regaló dos paquetes de frijoles y uno de maíz y me echó de su casa. Ahora todos pasan y me saludan como si fuese un campeón…

–¿Sabes ese dicho de que cuando el lobo acecha las ovejas se dividen? –preguntó antes de pegarle un largo beso a su cheve– pues el ser humano no es muy diferente de una oveja.

–¿Y qué tiene que ver el lobo y las ovejas conmigo? –pregunté–. A mí casi me matan de una paliza y ni siquiera sé por qué.

–Es que para algunos te has convertido en un símbolo: un *wetback* que logra avanzar en una época dura, que sale por la tele y tiene su propio negocio próspero. Asumen que te han apaleado por eso. Has desafiado el *establishment*. Para otros pones en peligro su precaria comodidad. El *ICE* ha estado haciendo redadas. Estoy seguro que no tienen que ver contigo, yo te conozco bien, pero «ellos» deben buscar un responsable –dijo señalando el barrio.

Me quedé pensativo. Era bastante lógica la deducción de Francisco.

–Tomarme como símbolo es ridículo, Cisco. Tú sabes lo que he luchado. ¿Y qué tengo? Una camioneta desvencijada y un vivero que construí con mis propias manos en un terreno que no es mío. Y lo de la televisión… ¿Es importante un micro de cinco minutos en un programa que casi nadie ve?

–Eso es como te sientes tú, compadre; no como te ven los demás –contestó y bebió otro trago–. Me voy a por otra chela helodia[32], estoy reseco por dentro. ¿Te traigo una?

–No, gracias. Recién voy por la mitad de ésta.

Si algunos de mis vecinos me veían como un símbolo de que se puede tirar adelante, quería decir que no lo estaba haciendo tan mal. Los que pensaban que era mejor agachar la cabeza y quedarse quietecitos haciendo lo de siempre, seguirían explotados por los gringos y sin una

---

[32] Chela helodia: México: cerveza bien fría.

pizca de orgullo.

«Eso pasa también en México», pensé y recordé la actitud resignada de mi abuelo que tanta rabia me daba cuando era un chavo[33].

–Y ahora, ¿qué harás? –preguntó Cisco regresando con dos botellines más.

–Recuperarme y volver a trabajar –contesté apurando la mía que comenzaba a calentarse.

–¿Has puesto la denuncia? –preguntó y me hizo gracia.

–¿Ante quién?

–La policía. Han querido matarte.

–¡Es que fue la policía!

–Hay muchos policías chicanos. Si fue un acto racista, lo investigarán.

–Está en manos de un abogado. Él me dirá qué hacer.

–¿Es gringo? Porque te recuerdo que entre bueyes no hay cornadas. Y un abogado de aquí te cobrará una fortuna para no solucionarte nada. Puedo recomendarte alguno si quieres. Mexicano, digo.

–Sí, es gringo, pero vivió muchos años en México. Le tengo confianza, es el padre de una amiga.

–Espero que sea de fiar. Ya sabes que, si necesitas algo, lo que sea…

–¡Gracias Cisco!

A partir de la segunda cerveza se suelen relajar los ánimos. Nos quedamos un buen rato en silencio. Lo de la capacidad para defenderme por parte de un abogado americano, ya lo había pensado cuando Jimmy Lambert me sugirió que iba a «negociar», pero ya estaba en el baile y ahora tocaría moverme con la música que sonara. Los hechos se habían dado así, con Ericka en medio. De no haber estado ella seguramente habría recurrido a mi compadre Cisco. Él tenía muchos conocidos. «Siempre eligiendo el camino más difícil», pensé y no pude evitar recordar las características de mi nahual: «Los nacidos bajo el nahual

---

[33] Chavo: México: muchacho que no ha llegado a la pubertad.

Kawoq son propensos a los problemas, suelen echarles la culpa por cosas que no han hecho, se enojan con facilidad y meten las narices donde no les importa».

Cuando volví a la realidad ya llevábamos cuatro cervezas cada uno y comenzaba a anochecer.

–Tengo unas *burger* en el refrigerador y unos chiles chipotle[34] que están de maravilla. Si te quedas enciendo la barbacoa y cenamos aquí fuera –dijo Cisco y en el bambolear de su cuerpo comprendí que yo también necesitaba algo sólido para bajar la peda[35] que se me venía encima.

A las hamburguesas del mercado de carnes, que ya de por sí están bien condimentadas, agregamos chorizo mexicano, cebollas y los consabidos chipotles. Fueron necesarias varias cervezas más para apagar el incendio. Casi a las diez de la noche Cisco miró el reloj.

–En un rato comienza la reunión –dijo y yo lo miré con incredulidad.

–¿Quieres venir? –me encogí de hombros. Mi voluntad no estaba en su mejor forma.

Por suerte no debimos agarrar el coche. Bastante trabajo nos costó caminar en línea recta las dos manzanas que nos separaban del lugar. Era una casa bastante humilde con muchos trastos inservibles diseminados por el jardín. La puerta estaba abierta de par en par y una cortina azul ocultaba el interior de miradas indiscretas. Una anciana muy bajita franqueaba la entrada a los recién llegados, musitaba unas palabras que no entendí y entregaba a cada uno un trozo de madera. Pasamos por una sala y salimos a un corredor externo. Al final había una construcción separada de la casa, como si fuese un cobertizo. Entramos. No había sillas en la estancia y, los que iban llegando se sentaban en el suelo cruzando las piernas y formando un

---

[34] Chiles chipotle: México: Chiles jalapeños que se han dejado madurar hasta el final. Se ahúman y aliñan. El sabor es picante y dulzón.

[35] Peda: México: borrachera.

círculo. En el centro habían encendido una hoguera. El humo olía a palo santo. Detrás de la hoguera había un hombre muy anciano, la luz de las llamas acentuaban las arrugas de su cara. Llevaba una especie de túnica con capucha tan colorida como vieja y sucia. Me mantuve de pie y alejado del resto. No me habían invitado a sentarme y de haberlo hecho no hubiese podido tanto por mis costillas como por las cervezas que me había bebido. Me apoyé en una columna que sostenía el techo.

«Te hubiese convenido irte a casa», pensé.

Los que estaban en el círculo encendieron sus varitas de madera en la hoguera por turnos y el humo comenzó a tornarse dulce y picante, tanto que me obligó a carraspear varias veces.

Los hombres, algunos de los cuales conocía del barrio comenzaron a hablar. Lo hacían en voz lo suficientemente baja como para que solo pudiese entender palabras sueltas. Escuché varias veces *ICE* y supuse que estaban relatando las redadas de inmigrantes ilegales. Con el calor de la hoguera, el humo y el alcohol que había ingerido se me comenzaron a cerrar los ojos. Ya no presté atención a lo que decían hasta que escuché un sonido como el que hace una serpiente de cascabel. El viejo estaba agitando un palo cubierto de plumas y pronunciaba un discurso en una lengua que no entendí, pero me pareció nàhuatl. Dos hombres se levantaron del círculo y volvieron con tambores, comenzaron a golpear los parches cadenciosamente. Sin darme cuenta me puse triste. Aquel ritmo me evocaba algo que venía de muy antiguo, como si perteneciese a otra vida. Creo que hasta derramé alguna lágrima. De pronto el anciano saltó como impulsado por un muelle y se plantó casi sobre la hoguera. Levantó los brazos, agitó el palo emplumado y dijo en español: «Estamos mucho más cerca que nuestros antecesores de recuperar lo que nos pertenece». Todos vitorearon y aplaudieron, luego fueron levantándose y saliendo en el mismo orden en que habían entrado. Solo Cisco se quedó en su sitio y los que tocaban los tamborones continuaron haciéndolo sentados contra las paredes del cobertizo.

El viejo extrajo una botella de tequila de entre sus ropas y llenó tres vasos. Uno se lo ofreció a Cisco, el otro se lo bebió él de Hidalgo y el tercero lo arrojó sobre el fuego. Las llamas se avivaron e hicieron una extraña cabriola al contacto con el alcohol. Mi compadre y el anciano comenzaron a platicar en voz baja. Intuí que hablaban de mí porque cada tanto el viejo me miraba por sobre el hombro de Cisco. Yo quería que todo aquello acabase para poder irme a dormir. Ya no podía mantenerme en pie, me dolían la cabeza y las costillas. De repente Cisco se levantó y vino hacia mí. «¡Ya está! ¡Nos vamos! », pensé.

—El nahualli[36] ha dicho que quiere ayudarte —me dijo cuando estuvo a mi lado.

—Dile compadre que le agradezco, pero quiero irme a casa. Ha pasado el efecto de los analgésicos y comienzo a estar dolorido —contesté estirando el torso para evitar las punzadas.

El hombre no pareció darse por aludido con mi negativa. Se levantó de su sitio, dejó caer la túnica y se quedó vestido solo con una camiseta de malla y unos pantalones hasta las rodillas. Fue hasta un armario que había en un rincón y comenzó a sacar algo de unos frascos mientras se movía como ejecutando una danza ritual. Era realmente muy viejo y muy flaco. Los huesos parecían querer salírsele a través de la piel arrugada. Colocó lo que había quitado de los potes en un pequeño bol y lo amasó formando una pequeña bolita, luego la mojó con un poco de tequila. En su camino hacia mí agarró una tea encendida de la hoguera y comenzó a trazar círculos y figuras en el aire.

—*Tetikayotl amo uala tlen ipan se itlakayo uala tle ipan tochikanejneuil* —repitió varias veces y Cisco me lo tradujo

---

36 Nahualli: En las antiguas civilizaciones mesoamericanas de etnia nahua se designaba así al hechicero que podía tomar la forma de un nahual o alter ego animal con el que todos nacemos.

como: «La fuerza no proviene de la capacidad física, sino de la voluntad indomable».

—¡Mastícalo, pero no lo tragues! —me ordenó acercando el bol con la bolita dentro.

Dudé. La bolita era verdosa por lo que debía estar formada de plantas. Mi abuela preparaba algo parecido para algunos «pacientes» o hacía infusiones para curar casi todas las afecciones que se le presentaran. En mi caso no creía que las secuelas de una paliza pudiesen ser curadas con unas hierbas por más medicinales que fueran. De todos modos, la tomé y me la metí en la boca. «Mal seguro que no te hará», pensé.

El nahualli continuó danzando delante de mí con la tea encendida. Los tamborones aceleraron su ritmo. No puedo decir cuánto tiempo pasó hasta que comencé a sentir cierta liviandad en el cuerpo y un gran peso en los párpados. Cerré los ojos, pero seguía viendo al chamán danzar y hacer cabriolas impensables para una persona de su edad. En un momento dado vi una tortuga a mis pies, caminaba con dificultad porque tenía el caparazón partido. El chamán la levantó, limpió la herida con un trapo y colocó unas hojas verdes sobre ella.

—¡Larga vida a Kawoq! —gritó una y otra vez danzando con la tortuga en brazos.

—¡*Ximeua, ximijyoti, xiixuetska, uan xijnemilli xinejnemi!* —no hizo falta que mi compadre tradujera. Entendí que decía: «Levántate, respira, sonríe y sigue adelante». La voz parecía provenir del fondo de la tierra, o de mis propias tripas, no lo sé.

«Estás alucinando, Chío», pensé.

A continuación, vi un atardecer precioso, el cielo era de un color rojo intenso y en la tierra ardían hogueras hasta donde alcanzaba la vista. Los tamborones seguían escuchándose a lo lejos y el sol iba escondiéndose a gran velocidad. Entonces aparecieron dos enormes bolas: una negra, oscura como la noche y otra blanca resplandeciente. La bola negra iba empujando a la blanca y en cada giro se iba comiendo parte de su volumen y luminosidad. Al mismo tiempo, al aumentar de tamaño, la bola negra disminuía la velocidad.

—Eso es lo que pasa —dijo una voz que me pareció la de mi hueyitata— pero un día la bola negra se detendrá y la blanca comenzará a empujarla recuperando su tamaño y esplendor.

No recuerdo nada más. Me desperté en mi cama casi veinticuatro horas después. No sabía cómo había llegado hasta allí. A pesar de no haber tomado los analgésicos, no sentía dolor, solo unas pequeñas molestias en la cabeza y en el torso.

Llamé a Cisco para preguntarle y me contestó que me había vuelto caminando tranquilamente. Él se había quedado bebiendo unos tequilas con el nahualli.

RICARDO LAMPUGNANI

XI

¿Puede alguien engordar en una semana? Parece que sí, porque cuando el lunes fui a ponerme el pantalón tejano que había usado en la cena con Lupita, Ericka y Darrell, a duras penas me abroché. «Será la dieta en base a cerveza», pensé y me convencí que al retomar el trabajo en el *garden* volvería a la normalidad. La reunión con Jimmy Lambert era en el hotel donde se alojaba, en pleno centro de Los Ángeles. La mejor manera de ir era a través del *Metro Rapid Westwood* y, aunque tenía tiempo suficiente para llegar, me puse nervioso. En realidad, ya estaba alterado desde el día anterior. Había quedado para comer con Ericka y Darrell quien se había hecho una escapada de fin de semana para ver a su novia. Me preguntó cómo estaba de salud y se ofreció gentilmente como médico por si quería una segunda opinión sobre mis lesiones. En realidad, después de la bolita de hierbas del nahualli y su ritual, había dejado los medicamentos. Ya estaba en condiciones de abrir el negocio, pero quería esperar a la reunión. No dije nada sobre el chamán para no herir su orgullo profesional.

Ericka había aprovechado para llevarme un sobre que habían dejado en el buzón del negocio y otro que le había entregado un vecino con estrictas recomendaciones de dármelo en mano. El primero era de la productora de

Open Doors y *Periodical News*. Contenía una nota en la que me deseaban una pronta mejoría y me decían que habían valorado otras opciones, pero que, si yo estaba de acuerdo, preferían esperarme porque consideraban que yo era el mejor para hacer los micros de jardinería.

Acompañaban una copia del contrato a fin de que la revisara y les dijese si estaba de acuerdo.

—¡Qué bueno! ¡Felicidades! —exclamó a dúo la pareja y pidieron vino para festejar.

—¿Y esa cara? —preguntó Ericka al ver que no me emocionaba la noticia.

—No estoy seguro de querer meterme en más problemas. Creo que he tenido suficiente —contesté sin entusiasmo.

—Bueno, estudia el contrato por si te convence y ya decidirás. De todos modos, vamos a brindar porque no es común que tengan tanta deferencia —dijo Darrell mientras servían las copas.

El otro sobre sólo llevaba escrito «*garden center*» en el anverso y contenía un pequeño objeto en su interior. Cuando lo abrí también había una nota. Era del vecino que presenció la paliza. Se disculpaba por no haber salido antes en mi defensa y se ofrecía como testigo además de incluirme una copia de las cámaras de seguridad de su casa y de lo que había grabado con el celular. Me comunicaba también que tenía en su poder los papeles de mi camioneta, las llaves y que el vehículo estaba bien cuidado, aparcado frente a su puerta.

—¡Esa es la gente que hace grande a América! —exclamó Darrell visiblemente emocionado.

—¡Y a cualquier nación del mundo! —agregó Ericka.

—¡Otro brindis! —alcancé a decir yo antes que se me quebrara la voz.

El domingo por la tarde había mirado los vídeos una y otra vez. Eran muy nítidos a pesar de haber sido de noche. En los que se tomaron desde la casa, los policías no llevaban su placa reglamentaria y el número del coche patrulla había sido tapado. La cara del agresor tampoco se veía muy definida, aunque logré compararla con los vídeos de mis propias cámaras tomados el día que vinieron a intimidarme. Definitivamente no era la misma persona. En cambio, en la grabación del celular se veía perfecta durante unos instantes, hasta que el segundo policía obstruía la grabación poniéndose delante y de espaldas. Me conmovió profundamente cómo aquella gente, que apenas me conocía había salido a la calle a defenderme. Primero lo hizo el hombre, en bata.

–¡Dejadlo, es un vecino! ¡No le peguéis, no se está resistiendo! –gritaba sin dejar de filmar. Luego apareció la mujer y los hijos gritándoles «¡Animales! ¡Asesinos! Y el pobre hombre intentaba convencer a su familia de que volvieran dentro y conseguir que dejaran de pegarme al mismo tiempo.

El bus iba llegando a la intersección de la *Grand Avenue* y la *Fifth Street* donde debía apearme. Desde allí solo tenía que caminar unos metros hasta llegar al hotel. Res- piré profundo varias veces, me miré en la cristalera y entré.

–Buenos días, vengo a ver al señor Jimmy Lambert –dije en recepción.

–Un momento por favor.

Mientras esperaba me puse a mirar la decoración. Era un edificio viejo, pero lujoso. Demasiado recargado para mi gusto. No tenía nada que envidiar a un palacio y supuse que mantener todo aquello limpio debía ser una tarea titánica. A mí, que no podía conservar decente mi apartamento de una sola habitación, quitar el polvo a tanto recoveco me parecía una pérdida de tiempo inútil.

–Sí, buenos días. ¿En qué puedo servirle? –la recepcionista parecía sobrepasada por el trabajo. O no me había escuchado la primera vez o simplemente me había ignorado.

–Vengo a ver al señor Jimmy Lambert –repetí.

–¿Sabe en qué habitación se aloja? –preguntó todavía sin mirarme a la cara y sin dejar de pasar papeles de un lado al otro del mostrador.

–No. –contesté y estuve a punto de agregar «para eso he venido a recepción».

Mi nerviosismo iba en aumento y mi mal humor también. La chica buscó en la computadora.

–¿Cómo me dijo que se llama?

–¿Quién?

–El huésped.

–Jimmy Lambert.

–Bien, ahora le aviso. ¿Cuál es su nombre? ¿Otra vez?

–Jimmy Lambert, ¿quiere que se lo deletree? –pregunté ya impaciente.

La chica me miró con extrañeza.

–Me refiero al nombre de la persona que busca a Jimmy Lambert –dijo condescendiente y por primera vez levantó la vista y me miró a la cara.

–Chío Malpigia –respondí avergonzado.

–Si quiere puede tomar asiento mientras espera. Yo le aviso cuando pueda recibirlo –dijo levantando el auricular de un teléfono tan viejo como el hotel.

En lugar de sentarme comencé a caminar por la moqueta de la recepción. Hubiese querido indagar un poco sobre la historia de ese edificio, pero no podía centrarme en nada.

–Puede subir, señor Malpigia. El señor Lambert está en la habitación setecientos catorce del séptimo piso. Puede utilizar cualquiera de los ascensores de este lado.

Creo que nunca un ascensor me pareció tan lento.

En cuanto se abrió la puerta Jimmy me tendió la mano.

–Al fin nos conocemos –dijo–. Y antes que nada quisiera agradecerte que ayudes a Ericka. No es fácil hacerse un hueco por uno mismo en esta ciudad y ella quiere triunfar por mérito propio.

–No es nada. Ella es una muy buena persona y muy capaz. ¡Triunfará sin duda! –contesté recobrando el aplomo. Aquel hombre irradiaba una tranquilidad contagiosa. Debía tener unos cincuenta años, alto, de maneras reposadas y muy elegante. Se notaba que la vida lo había tratado bien.

La habitación era grande y decorada como el resto del hotel. Tenía un pequeño recibidor con un escritorio y tres sillas tapizadas.

–¿Quieres un café, una cerveza? ¿Has desayunado? –preguntó indicándome que me sentara frente al escritorio.

–Ya he desayunado, gracias. Con un café será suficiente –contesté. Yo quería comenzar la reunión cuanto antes. Entonces recordé mi promesa de invitarlo a un buen tequila.

–Lo siento. Mi intención era traerle una buena botella de tequila. De hecho, iba de camino a comprarla cuando me apalearon.

–No te preocupes. Tenemos tiempo. Resolver esto nos llevará al menos una semana –dijo mientras servía tres tazas de café.

«¿Una semana? », pensé. Yo quería volver al trabajo lo antes posible. Con el negocio cerrado se me acumularían los pagos sin tener ingresos.

–Además tengo una sorpresa para ti. Con seguridad será más de una botella la que nos beberemos –agregó depositando dos de las tres tazas sobre el escritorio.

–¡Britt, ya puedes salir!

Me quedé atónito. Desde la habitación apareció Britt Stanley en carne y hueso.

–¿Britt? ¿Qué haces tú aquí? –pregunté sin poder creérmelo.

–¡Chío! ¡Tanto tiempo! –exclamó Britt dándome un abrazo que me hizo recordar que mis costillas todavía estaban frágiles.

Se me saltaron las lágrimas por la emoción y por el dolor.

–Lo siento, no me acordé de la paliza. ¿Te he hecho daño?

–Está todo bien, Britt. Eras la última persona que esperaba encontrarme aquí –dije quitándome las gafas oscuras para poder secar mis ojos.

–¡Dios mío! ¡Cómo te han dejado ese ojo! –exclamó al ver

el derrame que había transformado el blanco en rojo malva.

—Ya lo pagarán, no te preocupes —agregó Jimmy poniendo cara de sufrimiento.

En mi cabeza se acumularon las incógnitas. Era cierto que los policías habían mencionado a Britt Stanley y yo no sabía por qué, pero que hubiese venido de Washington y que Jimmy Lambert lo hubiese podido localizar tan rápido… No me cuadraba. Además, la confianza que había entre ellos no era la de dos desconocidos. Levanté el dedo para preguntar.

—Ya sé que tienes muchos interrogantes dando vueltas. ¿Por qué me fui? ¿Por qué no he vuelto a contactar contigo? La realidad es que estoy aquí porque todo esto, en parte tiene que ver conmigo y quiero ayudar a solucionarlo —dijo Britt sentándose a mi lado.

Fruncí el ceño. Cada vez entendía menos. ¿Entonces lo de la intimidación y la paliza no tenían que ver con el programa ni con Patrizia Bargas?

—Es una historia larga, así que bebamos el café antes que se enfríe —dijo Jimmy sentándose del otro lado del escritorio.

—¿Cómo está Lucy? —pregunté recordando de golpe a la esposa de Britt.

—¡Muy bien, gracias! Tenemos un niño de un año y medio y otro en camino. Por cierto, te envía saludos. Dice que no encontrará otro jardinero mejor que tú en todo el estado de Washington.

—¡Qué bien! ¡Felicidades! —la noticia de que continuaran juntos y tuviesen hijos me puso muy contento. Recordaba a Lucy como una mujer muy maternal y cariñosa.

—¡Gracias! Cuando pase todo esto espero que vengas a visitarnos, o vendremos nosotros si todo sale como esperamos.

No entendí. ¿Por qué dependían las visitas de que lo mío saliera bien? Comencé a preocuparme. Estaba seguro que no había hecho nada malo, pero como buen Kawoq que soy, estoy predispuesto a que me echen culpas ajenas.

Jimmy carraspeó. Levantó un maletín que había bajo la mesa y lo colocó encima del escritorio. Tuvimos que quitar las tazas cuando lo abrió. Extrajo tres carpetas tan gruesas que parecían biblias, cerró y volvió a bajar el maletín. Aquello no podía ser mi caso. De haberse impreso todo lo que le había enviado por internet, no habría llegado a veinte páginas.

—Siento decirte que te has metido con la peor lacra que habita en los Estados Unidos —dijo sopesando las carpetas— y la más poderosa.

Me comenzaron a temblar las rodillas y se me secó la garganta.

—Pero tú no tienes culpa de nada, Chío. O han sido casualidades o forma parte de algo que ya venía de antes —agregó Britt con evidente intención de tranquilizarme.

—De verdad, no entiendo nada. Solo he colaborado con un programa de televisión que me estafó y ahora quieren volver a estafarme. Me ha amenazado y pegado la propia policía. En los dos casos han mencionado a Britt y no sé por qué… ¿Tiene algo que ver una cosa con la otra?

—Voy a decirte Chío, que todo lo que se hable aquí no puede salir de estas cuatro paredes. En estas carpetas hay muchos años de investigación —dijo Jimmy Lambert y lo que consiguieron entre los dos fue ponerme histérico.

—Paren ya con asustarme. ¿Me están haciendo una broma? Porque no tiene ni puta gracia…

—No, no es broma Chío. Yo fui agente de la DEA infiltrado en México y ahora soy subdirector de operaciones —dijo Britt y colocó una placa dorada rematada por un águila sobre la mesa.

—Allí nos conocimos. Yo era abogado asesor en justicia penal para el gobierno de Estados Unidos en México DF. Britt estaba investigando un caso de narcotráfico que tomó unas dimensiones enormes y vino a consultarme porque se le iba de las manos —agregó Jimmy.

—Okey. ¿Y qué tiene que ver eso conmigo, con Patrizia Bargas, el programa, la paliza? —pregunté mientras presentía que me había metido en algo muy gordo sin comerla ni beberla.

—Tiene mucho que ver. Esta es la investigación sobre Patrizia Bargas o Patrice Crowford, la mujer de John Crowford desde hace diez años. Antes era Patrice Bates, descendiente de una familia tradicional que no supo mantener su fortuna. Tiene más de diez alias, identidades falsas y pasaportes de casi todos los países americanos. Es investigada por lavado de dinero, narcotráfico, venta ilegal de armas, corrupción de menores, inducción a la prostitución, secuestro y extorsión —dijo Jimmy dejando la carpeta frente a mí.

No quise abrirla. «Al final de vieja comemierda, nada», pensé.

—¿Por qué no la encarcelan? —pregunté. Si a mí me llevaron a comisaría cuando mis abuelos murieron por robar una botella de leche y unos chocolates. Y lo había hecho porque hacía dos días que no probaba bocado.

—Es una buena pregunta —contestó Britt—. Me la he hecho muchas veces. Al menos sacas de circulación a una alimaña. Pero si la metes en prisión generas una reacción en cadena. Ella tiene muy poco poder comparado con las personas a quienes sirve. Es fácilmente reemplazable. En caso de ser enviada a prisión sus jefes cambiarían todas las tácticas por si llegara a hablar. Por tanto, todo el trabajo de investigación se iría a la mierda. Además, esta gente suele ahorcarse de manera extraña en prisiones de alta seguridad donde ni los zapatos tienen cordones… No sé si soy lo bastante claro.

Asentí con la cabeza.

—Continuemos con Victoria Pierce, Vicky Cabrera y otros tantos alias. —Retomó Jimmy—. Puertorriqueña casada con Sebastian Pierce, exsocio de John Crowford quien murió en extrañas circunstancias mientras nadaba en la piscina de su casa. Se la investiga por los mismos crímenes que

Patrizia más el de asesinato premeditado. Según parece Victoria pasó por la cama de muchos hombres influyentes con el consentimiento del señor Pierce. Luego ejercían una sutil y discreta extorsión que beneficiaba sus negocios. —La segunda carpeta fue a parar encima de la primera.

«¡No mames güey! »[37], pensé.

—Y finalmente… —Jimmy Lambert levantó la tercera carpeta.

—Deja que se lo cuento yo —interrumpió Britt.

—Como quieras, tú lo conoces muy bien —respondió Jimmy.

—John Crowford, la joya de la corona. No es un pez gordo, más bien un intermediario. Si lo has visto, Chío, seguro que te ha parecido un viejo decrépito.

—Llegué a creer que era un muñeco —respondí mientras me venía a la mente lo que había dicho la madre de Ericka: «El responsable es un hombre malvado y sin escrúpulos».

—Seguro que pertenece a una secta secreta en la que hay personas muy importantes —dije sin pensarlo.

Era también la opinión de la madre de Ericka

Jimmy y Britt se miraron.

—¿Cómo sabes eso? —preguntaron al unísono.

—No lo sabía. Me lo dijo Ericka que se lo había dicho su madre y, no le creí. —contesté sorprendido de que la «bruja» hubiese dado en el clavo.

—Nunca subestimes a la magia, Chío —dijo Jimmy con un gesto irónico. Entonces caí en la cuenta de que la madre de Ericka había sido su mujer y se me escapó una carcajada.

—No sé de qué te ríes. No tiene gracia —dijo Jimmy y también rio.

Britt continuó explicando que John Crowford estaba presuntamente relacionado con un club privado al que llamó

---

[37] No mames güey: México: Expresión que indica sorpresa, incredulidad o desaprobación.

«el club del búho». A él asistían anualmente magnates, banqueros, políticos, periodistas y empresarios de alto vuelo. Servía para trabar relaciones comerciales, sellar alianzas o implementar proyectos en muchos casos ilegales como el lavado de dinero del narcotráfico. No había pruebas al respecto ya que solo se permitía acceder a las reuniones a los socios, todos hombres y a los invitados especiales que éstos llevaran.

Britt había estado investigando, durante los últimos quince años, el movimiento de la droga desde México a los Estados Unidos para la DEA y la obtención de armas por parte de los cárteles para el gobierno de México. Así había descubierto una trama muy compleja que incluía grupos de policías corruptos, empresarios que lavaban dinero a través de «empresas fachadas», bancos que hacían lo propio con millones de dólares y agentes de la propia DEA que se pasaban al «bando contrario».

–Siempre se ha adjudicado la producción, consumo e introducción de las drogas a los cárteles extranjeros, cuando en realidad es un negocio que se maneja desde aquí. Y cada vez que tiraba de un hilo, la madeja me llevaba hasta John Crowford como intermediario entre los cárteles y personajes muy importantes a los que «no se es posible acceder» –dijo con lentitud, como si midiese cada palabra.

–Un buen motivo para quitarlo de en medio. Me hubiese ahorrado muchos problemas –comenté sin entender por qué los americanos no limpiaban su propia casa.

–No solo es el tema de las drogas –agregó Jimmy–. El FBI lo investiga como intermediario en la corrupción de menores y la incitación a la prostitución de niñas que son entregadas a grandes «magnates» para animar sus fiestas privadas.

Meneé la cabeza con asco.

–El poder y el dinero corrompen todo lo que tocan. Eso ya lo sé. Pero sigo sin entender qué tiene que ver conmigo. Si tienen tantos millones... ¿Para qué quieren quitarme veinte mil mugrosos dólares a mí? –pregunté.

–No se trata de ti como algo personal. El grupo al que pertenece Crowford es supremacista blanco. Sus antepasados eran esclavistas y ellos lo continúan siendo, pero los negros ya no les interesan. Se han vuelto muy rebeldes. En cambio, los latinos son más sumisos, pero no van a aceptar que no quieran estar bajo su control o que puedan destacar. Tienen que estar a su servicio –contestó Jimmy.

–Pero si yo solo me negué a continuar llevando plantas porque me quitaron la publicidad –protesté.

–Es su *modus operandi*. Si entras bajo su poder te exprimirán como a un limón. Lo hacen con todos –dijo Britt.

–Realmente me parece todo muy de conspiración. Yo participaba en un programa de mierda que no ve casi nadie –dije sintiéndome totalmente indefenso.

–Es una tapadera. Las películas que hizo Crowford también lo son. Inyectan dinero negro y lo blanquean a través de gastos. El hecho de que una empresa te quisiera auspiciar era para ellos una oportunidad de blanquear más dinero. Si hubiese continuado es probable que les hubiesen propuesto entrar en el negocio. Al igual que a ti. Se habrían adueñado de tu *garden*, lo hubiesen hecho crecer y lo hubiesen utilizado para sus fines. Eso sí, tú ya no serías el dueño, mandarían ellos. Pero, Chío Malpigia no entró por el aro y eso es imperdonable –explicó Jimmy como si estuviese contando una peli que había visto la noche anterior.

–No me lo creo, es demasiado surrealista –dije confundido, molesto y hasta irritado con la parsimonia del relato.

–También está el tema de que yo sea dueño del terreno donde tienes el vivero –apuntó Britt.

Lo miré con extrañeza.

–Hace tres años teníamos todo preparado para una operación en que hubiese caído Crowford, sus secuaces y varios peces más gordos. Habíamos desmantelado una parte de su organización en la distribución de drogas, teníamos testigos protegidos dispuestos a declarar contra Patrizia Bargas que era su *broker* en todo el territorio de California. También teníamos a miembros arrepentidos de los cárteles dispuestos a denunciarlos. Estaban cansados de los manejos de Crowford que ponía unos contra otros y a ambos bandos les vendía armas. Habíamos identificado a los policías corruptos y arrasado con varias plantaciones de marihuana en parques nacionales.

–Y, ¿qué pasó?

–Alguien nos delató. Las administraciones cambian y hay puestos políticos que responden a los intereses de los que mandan en cada momento. La operación fue cancelada y como yo me resistí filtraron mi nombre a Crowford.

–¡Vaya mierda! –exclamé.

–¿Te acuerdas de que me esfumé sin avisarle a nadie?

–Sí, me resultó muy raro.

–Amenazaron de muerte a Lucy. Tuve que utilizar todos mis contactos para desaparecer y dejar el caso. Después de dos años supuse que todo se había enfriado. Por eso te ofrecí el terreno en alquiler. Yo no podía volver a Los Ángeles.

Me quedé con la mandíbula colgando. Todo comenzaba a encajar.

–Creo que la primera visita de la policía pretendía ser una advertencia para que no te rebelaras –dijo ahora Jimmy– pero descubrieron que el terreno es de Britt Stanley y te asociaron con él. De ahí la paliza y…, te hubiesen matado de no ser por tu vecino.

Sentí que el mundo se me venía encima. «Todo es una mafia», pensé.

–No creas que todo Estados Unidos es así –dijo Britt adivinando cómo me sentía–. Hay mucha gente buena, la mayor parte de la policía hace su trabajo y muchos funcionarios tienen principios. Esta lacra es minoría, pero todavía tiene mucho poder. Costará, pero al final acabarán desapareciendo como los dinosaurios.

–Y en realidad es lo que son –agregó Jimmy.

—No es un consuelo —contesté—, y no veo cómo voy a salir de esta situación.

—No te preocupes. Vamos a negociar para que te dejen en paz y quizás hasta recuperes el dinero que te han quitado en publicidad —dijo Jimmy con su proverbial aplomo.

—¿Tienes los vídeos de la golpiza? —preguntó Britt—. Nos ayudarán a la hora de tratar con la policía.

—Sí, los tengo —contesté—, pero si no funciona, la próxima vez me matan.

—¡Dámelos y no seas gallina! Parece mentira que seas el mismo Chío que cruzó la frontera con catorce años ¡y solo! Busqué el sobre y se lo di. Tenía razón. Si comparaba mi situación actual con lo que había pasado desde que mis abuelos murieron, no era tan grave. «Entonces no eras consciente del peligro, Chío. Tu única esperanza era encontrar a tu madre», me dije para mis adentros.

—¿Es verdad que cruzaste solo y con catorce años? —preguntó Jimmy mientras escribía en su ordenador.

—Sí, es cierto —contesté. Ya había contado mi historia muchas veces mientras buscaba a mi madre y a poca gente le había interesado. Ya no tenía ganas de seguir repitiéndola.

—¿Volverías a hacerlo?

—En aquel momento no me quedaba otra opción. Hoy puede que me lo pensara dos veces.

—Supongo que estarías en una situación desesperada para intentar algo así tan joven.

—Para mí lo era. No tenía padre, mi madre estaba aquí, en teoría. Habían muerto mis abuelos que me criaron y me echaron de la casa donde vivíamos. Me metieron en una celda por robar comida y después me enviaron a un albergue público que era peor que una prisión. Me escapé y decidí que la única solución era encontrar a mi madre y para eso debía venir a Estados Unidos.

—¿Cómo es que nadie pudo ayudarte? ¿No tenías más familia o amigos? —preguntó Jimmy dejando de escribir.

—Al principio los vecinos me invitaban a comer o me regalaban ropa. Mi abuela tenía algunos ahorros que guardaba en una lata vacía de café. Salvo por la sensación de soledad, me defendía bastante bien. Hacía algunos trabajos y me sacaba unos pesos, así que los ahorros casi no los tocaba. Tenía amigos de mi edad en el barrio y nos la pasábamos bien.

—Entonces, ¿qué se torció? —preguntó Britt que había acabado con el video.

—Yo seguía yendo a la escuela porque se lo había prometido a mi abuelo. Y un día al regresar a casa me encontré con que habían entrado a robar. Se llevaron los ahorros de mi abuela, algunos pesos que tenía de mi trabajo y dejaron todo patas arriba.

—¿Se supo quién fue? —preguntó Jimmy pasándose la mano por la cabeza. Con seguridad pensó que tengo un imán para los problemas.

—Estoy convencido de que fue un vecino. Su hijo era amigo y sabía dónde guardaba el dinero. Seguro que se lo platicó al padre. El hombre estaba enganchado a la droga y había perdido el trabajo…

En ese momento comprendí por qué mis micros sobre jardinería gustaban a la gente. Estaba contando la historia de mi vida y tenía a un abogado de prestigio y a un detective de la DEA totalmente ensimismados en mis palabras. Y cuando hay buen público el narrador se entusiasma, así que no tuvieron que rogarme para que les contara mis desdichas. Vistas a la distancia, después de diez años, no me resultaron tan graves.

Aquel chavo cuyo padre me robó estaba casi peor que yo. Era cierto que el carecer de progenitor resultaba vergonzoso para mí. Sin embargo, tener uno y avergonzarse de él, era peor. Gracias a aquel robo había aprendido a cocinar. Al no tener dinero para comprar no tuve más remedio que revisar las alacenas de mi abuela y tratar de recordar cómo hacía ella los frijoles refritos, las tortitas y los tamales. Los huevos los tenía gratis, de las gallinas que había en el patio trasero. Yo las había cuidado desde pequeñas, junto con el huerto, eran mi «obligación familiar», por tanto, sabía cómo hacerlo, tenía maíz de sobra guardado en el cobertizo. En el huerto quedaban plantas de chile, tomates y alguna berenjena.

A tres calles de mi casa había una veterinaria que también vendía semillas y algunos plantines de hortalizas. Como no los regaban, lo que no vendían pronto se moría. Comencé a poner cara de tonto y a preguntar si me los regalaban. Cuando llegaba a casa los metía en un cubo con agua. Muchos «resucitaban» y yo los plantaba en el huerto.

En tres o cuatro semanas tuve verduras frescas de sobra para mí. Lo que no consumía lo canjeaba en un pequeño mercado por papas o cebollas.

Dejé de ir a la escuela. No quería estar fuera mucho tiempo por miedo a que entraran a robar otra vez. Me dediqué a hacer algunos repartos para el mercado en el que canjeaba las verduras. Así descubrí que ganaba el triple si las ofrecía directamente a la gente. «Recién cosechadas del huerto, sin pesticidas ni químicos, frescas, frescas», era mi slogan publicitario. En el tiempo libre me leía las enciclopedias de jardinería de mi abuelo, me resultaban apasionantes.

Aprendí a no decir que vivía solo. Las personas ponían cara de horror si lo hacía. «Me ha venido a cuidar una hermana de mi madre que vivía en Ciudad de México», solía explicar cuando alguien se interesaba. «Ella trabaja mucho, por eso nunca está en casa».

Tenía todo bastante controlado. Intentaba mantener el orden y la limpieza. Cuando salía, incluso mantenía diálogos con mi supuesta tía, para no levantar sospechas.

Un día me encontré con que no tenía electricidad. La habían cortado por falta de pago. Me fui hasta una oficina para intentar pagar los recibos atrasados. Me dijeron que tenía que ir el titular del servicio o una persona mayor de edad. Por más que insistí en que mi supuesta tía estaba ocupada, enferma o trabajaba mucho, no hubo manera. Además, la deuda era mayor de lo que tenía.

Le pagué a un vecino electricista para que me la conectara ilegal. Con unos pesos y un par de cestas bien cargadas de chiles jalapeños, tomates, lechugas y berenjenas, solucioné el problema. Estaba muy orgulloso de mí mismo y podía mirar televisión o leer hasta muy tarde sin preocuparme por el consumo. Eso hasta que llegó un camión de la compañía eléctrica acompañado de la policía municipal. Cortaron los cables y quisieron hablar con la dueña de casa. Como les dije que no sabía a qué hora volvería, se fueron.

Volví a conectar la electricidad en otro sitio. Esta vez mi precaria economía y las existencias del huerto, flaquearon. Al tiempo volvió el camión y la policía. Esta vez cortaron los cables a ras de pared para que no se pudiese volver a «pincharla» y me dieron una citación para mi tía.

Durante años pensé que habían sido estos hechos los que precipitaron mi ruina. Ahora comprendo que era una situación que no podía sostenerse en el tiempo. He visto muchos polluelos huérfanos sacar pecho desde sus nidos en el campo. Al final, los depredadores siempre se los comen. En los humanos pasa igual. Los depredadores siempre «huelen» la indefensión de sus víctimas.

Una mañana se presentaron dos hombres bien vestidos. Pensé que era por la citación de la compañía eléctrica y les solté el discurso de siempre.

No me hicieron caso.

Hablaron no sé qué de la morosidad, los intereses y las cuotas de un crédito. Me dejaron un papel por el cual me avisaban que debía dejar la casa en cuarenta y ocho horas. No lo hice, pero mi situación se volvía crítica. Sin electricidad y en pleno verano los alimentos se ponían malos enseguida. En el huerto ya no quedaba nada para vender y las alacenas estaban vacías. Fui a un supermercado lejos de casa y robé una botella de leche y unos chocolates. En las películas había visto que los soldados se mantenían en base a tabletas de chocolate. Mi pilló la policía y me llevaron a comisaría. Dijeron que debía ir a buscarme mi padre, mi madre o un tutor legal. No tuve más remedio que decir la verdad y a las pocas horas se presentó una asistente social. Me dieron de comer un sándwich y un refresco para beber. La mujer rellenó unos papeles y me enviaron a un albergue para menores.

Hubiese preferido ir a la cárcel. No creo que sea tan mala como aquel lugar. De hecho, tenía rejas y nadie podía salir de allí. La comida era horrible. Ni aun estando solo los primeros días, había pasado tanto hambre. Las habitaciones eran sucias, las camas estaban casi pegadas unas a otras y hacía un calor insoportable. Los celadores nos trataban peor que a delincuentes y por el solo hecho de contestar, nos pegaban. La mayoría estaban acostumbrados a los golpes, pero a mí, mi abuelo nunca me había puesto la mano encima; a lo sumo me castigaban prohibiéndome algo que me gustaba.

Aguanté allí una semana y recibí tres palizas. Dos de ellas por defender a otros chavos menores que yo y la tercera, por meterme donde no me importaba. Eso me dijeron los que estaban en mis mismas condiciones. Había escuchado llorar a una chaparra[38] dentro del almacén. No era un llanto desgarrador sino un sollozo y repetía: «Por favor no, señor, por favor no.» La puerta estaba atrancada por dentro con algo pesado, pero siempre he tenido mucha fuerza. Empujé y la abrí. Dentro estaba un celador obligando a una chiquilla a darle una «mamada».[39]

Me dijeron que era algo «normal» en aquel lugar. Incluso había críos nacidos allí mismo producto de las violaciones que celadores o internos mayores perpetraban contra las niñas. Mi recompensa por interrumpir el acto fue una ceja partida, un ojo morado y patadas en todo el cuerpo.

Me escapé por los techos y volví a mi casa. Era mejor vivir

---

[38] Chaparra: México: niña.

[39] Mamada: México: en el contexto citado: felación.

escondido sin electricidad y sacar comida de la basura que estar en aquel sitio. Cuando llegué no pude entrar. Habían cambiado el cerrojo de la puerta y todas las ventanas estaban cerradas por dentro. Estuve un buen rato escuchando por si había movimiento en el interior. En apariencia estaba deshabitada. Fui hasta la parte trasera. En el huerto solo quedaban matojos secos de lo que fuera mi orgullo y sustento. Las gallinas ya no estaban o quizás habían muerto, habían estado sin agua ni comida durante toda una semana. Entré al cobertizo y levanté la trampilla que llevaba al sótano, en él guardaba mi abuelo sus herramientas de cuando tenía la granja y mi abuela trastos de la casa en desuso. Yo solía usarlo para jugar y para escuchar las consultas de la nana[40]con sus «pacientes», aunque lo tuviese prohibido.

Me resultó evidente que quienes me habían quitado la casa no habían llegado hasta allí. Todo estaba tal cual. Pensé que quizás podía instalarme y utilizar la parte superior cuando los ocupantes no estuviesen. Era una idea tonta, pero yo necesitaba asirme de algo. Estuve varias horas en un rincón, pendiente de los ruidos.

En la parte superior del sótano había una claraboya alargada que daba al lateral de la casa, por allí entraba aire y luz. Vi como poco a poco se instalaba la oscuridad sin que nadie abriera la puerta de entrada. Varias veces subí por la escalera de madera que llevaba a la planta principal, la tapa estaba justo debajo de la mesa en la que mi abuela atendía las consultas. No me animé a abrirla. Cada vez que estaba a punto de hacerlo me parecía oír un ruido.

Se hizo noche cerrada y ya no podía moverme por el sótano sin tropezar con algo. No tenía idea de la hora porque una de las primeras cosas que habían hecho en el albergue había sido quitarme el reloj. Me guie por los sonidos exteriores. Yo sabía que a las diez de la noche pasaba un hombre con su perro por delante de casa. El animal jadea-

---

[40] Nana: México: abuela.

ba muy fuerte y el dueño maldecía el hecho de que no dejara de tirar de la correa. A medianoche apagaba el televisor doña María, la vecina del costado. Como era sorda lo ponía a todo volumen y lo escuchaba todo el barrio. Todavía dejé pasar un buen tiempo luego que todos los sonidos se acallaron.

Si los que vivían ahora en la casa no habían regresado todavía era probable que no lo hiciesen en toda la noche. Subí la escalera, abrí la trampilla y la dejé abierta por si tenía que bajar a toda prisa. Me deslicé por la sala como un gato, pasé al comedor y busqué la linterna que había usado durante el tiempo en que no tuve electricidad. Estaba en el mismo sitio en el que la había dejado. Ya con algo de luz comencé a investigar qué cosas se habían cambiado de lugar y si había pertenencias que no fuesen nuestras. Salvo un cenicero con colillas y varios botellines de cerveza vacíos, no parecía habitada. Entré a mi habitación. Alguien había vaciado mi armario y toda mi ropa estaba dentro de bolsas negras. Lo mismo encontré en la habitación de mis abuelos.

«¿La habrán vendido y estarán vaciándola para los nuevos dueños? », me pregunté. Si era así debía rescatar lo más necesario e irme antes de que se instalasen. Me apoyé en la pared mientras pensaba y sin querer toqué el interruptor de la luz. ¡La habían conectado!

Si no hubiese sido por la bendita compañía eléctrica, tal vez habría podido vivir años sin que nadie se enterara de que estaba solo. Revisé toda la casa. Salvo los enseres personales, el resto estaba en su sitio. Tampoco habían limpiado, que es lo que suele hacerse cuando se vende una propiedad. Abrí el refrigerador y me encontré varios paquetes de salchichas, pan para hotdogs, una salsa de chilli y un par de bandejas de comida preparada que vendían en un supermercado cercano. También había cerveza en cantidad y unas latas de refresco de cola. Supuse que utilizaban la casa como albergue temporario y no como vivienda. Tenía tanto hambre que estuve a punto de comerme una salchicha, pero pensé a tiempo que, si se daban cuenta de la falta, buscarían al autor del robo por toda la casa.

Necesitaba comer. En mi cabeza se había fijado la imagen de un buen perrito caliente con salsa de chilli y mi estómago comenzó a rugir. No podía pensar en otra cosa. Cerré el refrigerador y decidí volver al sótano, esta vez con la linterna. Antes pasé por el cuarto de la abuela y agarré unas mantas para poder estirarme encima. Cuando bajé trabé la tapa desde abajo. Si descubrían el escondite les resultaría difícil abrir la trampilla y me daría tiempo para huir por el otro lado.

Acomodé las mantas sobre un sofá destartalado y me convencí a mí mismo de que debía dormir un poco. Me di ánimos pensando que al menos estaba en casa y, de momento, a salvo.

Cuando amaneció solo había dormitado a ratos. Me dolía el estómago y tenía sed, quería ducharme, ir al baño, limpiarme los dientes. Me comencé a preguntar qué había hecho mal para estar así. Aquella había sido la casa de mis abuelos y por lo tanto mía también. Nadie podía echarme de allí por más papeles que tuviesen. Me enojé tanto que comencé a subir otra vez la escalera hacia la parte superior. No recordé que la noche anterior había puesto el cerrojo y, al querer empujar la tapa, casi me voy al suelo. En mi afán por no caer me apoyé en una vieja estantería en la que mi abuela guardaba los potes con hierbas que utilizaba para sus curaciones. El mueble se balanceó y comenzaron a caer frascos y latas. Fue en vano intentar detenerlos en el aire para que no se estrellaran. El estruendo debió escucharse incluso desde la calle. Me quedé quietecito enganchado a la escalera, pero no pasó nada. Bajé a evaluar los destrozos.

Si mi abuela hubiese vivido me habría llevado una buena reprimenda. Busqué una vieja escoba y comencé a barrer los cristales y las hierbas secas, lastimarme al pisarlos no era una opción. Separé las latas de los frascos y al hacerlo, una se abrió. Un rollo de billetes salió rodando. Lo miré estupefacto. ¡Eran dólares! En el fondo del recipiente había dos más tapados con un trapo. Si hubiese sabido que mi abuela guardaba todo ese dinero habría podido pagar la factura de electricidad, comprar comida y nada de lo que había padecido hubiese pasado. Todavía sorprendido con el hallazgo me puse a buscar en todos los potes que había todavía en la estantería. No encontré nada más. Llevé los tres fajos al sofá y los coloqué sobre las mantas, quité las gomas que los ataban y comencé a contar. La mayoría eran de cinco y diez dólares. También había unos cuantos de veinte. Debido a la ansiedad me perdí varias veces hasta que decidí separarlos en montones de cien.

En total había dos mil dólares. Nunca había visto tanto dinero junto. Le di las gracias a la nana por el regalo. De no tener para comer, ahora disponía de una pequeña fortuna y podía hacer con ella lo que quisiera. ¿Qué era lo que más quería? Volver a tener a mis abuelos y eso no era posible ni con todo el oro del mundo. También sabía que un niño con dólares en el bolsillo era sospechoso en Hermosillo. Solo manejaban esa moneda los narcos, las putas y quienes querían pasar la frontera con Estados Unidos. Entonces se me ocurrió la idea. Podía pagar a un coyote y buscar a mi madre. Sabía que se había ido tras mi padre y que estaba en territorio gringo. Era arriesgado y me dio miedo, pero no se me ocurrió otra salida. Hasta ese momento había resistido una desgracia tras otra y cada vez iba a peor. Ahora tenía una oportunidad de hacer algo por mí mismo.

Sentí una gran alegría por la decisión que había tomado. Subiría a la planta superior, me ducharía, comería todo lo que quisiese, recogería algo de ropa, los libros de jardinería de mi abuelo y me marcharía para no volver. Incluso pensé en prenderle fuego a la casa para que nadie más pudiese utilizarla.

La felicidad me duró hasta que escuché ruidos. Alguien

había abierto la puerta y caminaba por el comedor, luego entró otra persona. Por las voces eran un hombre y una mujer. Presté atención por si podía identificarlos, pero hablaban poco y con monosílabos. Escuché el chirrido del refrigerador al ser abierto y me felicité por no haber tocado nada. Se abrió la puerta de la sala y me asusté. No recordaba si había llegado a abrir la trampilla antes del accidente con los frascos. Alguien entró y colocó algo pesado sobre la mesa de consultas de mi abuela.

El único suelo de madera era, precisamente el de esa habitación. En él había una antigua rendija por la que solía espiar el trabajo de la nana. Por más que me esforcé solo alcancé a divisar los zapatos y el dobladillo de los tejanos. Lo que sí podía hacer era escuchar todo lo que pasaba ya que se habían dejado abierta la puerta que comunicaba la sala de consultas con el comedor. Así me enteré que estaban por hacer algún tipo de entrega y que no vivían allí.

La casa era un sitio seguro para descansar. Se escuchaban dos celulares que recibían mensajes muy a menudo.

Hicieron una llamada para pedir pizzas a domicilio y volvió a dolerme el estómago por el hambre que tenía. Necesitaba ver mejor así que moví dos banquetas y las apilé una sobre otra. De esa manera mi cabeza casi rozaba el techo del sótano y la rendija quedaba a la altura de mis ojos. Cuando llegó el repartidor, el hombre entró en la sala a buscar dinero, pagó y se pusieron a comer en el sofá. Desde mi escondite pude ver varios botellines de cerveza en el suelo. No habían pasado diez minutos desde que recibieron las pizzas cuando se escuchó el timbre de la puerta de entrada. Abrieron e ingresaron dos hombres. No podía ver las caras, pero las botas y pantalones eran de policía. El hombre de los tejanos entró en la sala y sacó un bolso negro. Debía ser el que había dejado sobre la mesa y parecía muy pesado. Uno de los policías preguntó si estaba todo y la pareja contestó que sí, que solo habían retirado su parte. Compartieron pizza y cerveza mientras *hablaban. La pareja se quejaba de que hacían muchos viajes, querían descansar. Yo rogué que no lo hicieran y se fueran. Los policías fueron inflexibles: los jefes habían ordenado que debían volver a Tucson por otro paquete, entregarlo en Ciudad Juárez y luego podrían relajarse un par de semanas en Los Ángeles. Dijeron algo de extremar las precauciones debido a una investigación, por lo que pensé que los integrantes de la pareja eran camellos de los cárteles y los policías estaban implicados también en el tráfico de drogas. Sin embargo, me pareció extraño que fuesen a buscar el paquete a Tucson porque la droga viaja de México a Estados Unidos y no al revés. Finalmente, los policías se fueron y la pareja desapareció. Al rato escuché cómo se zarandeaba la cama de mi abuela y entonces supe dónde estaban y qué estaban haciendo.*

Pasaron varias horas en que el silencio fue total. Comencé a dudar de si estaban todavía en la casa pese a que no los había oído marcharse. Intenté centrarme en mi plan: en cuanto pudiese subir buscaría mi ropa, haría una maleta, me ducharía y comería hasta hartarme. El resto me lo llevaría para el camino, iría en autobús lo más cerca de la frontera que pudiese, para eso necesitaba comprar un celular y tener acceso a internet. No sabía qué lugar era más seguro para cruzar por lo que al llegar buscaría un coyote que me ayudara a pasar. En aquel momento tenía la idea de que Estados Unidos era parecido a México y que una ciudad como Los Ángeles tenía el tamaño de Hermosillo.

Cuando ya estaba anocheciendo volvió el movimiento en la parte superior. Se estaban preparando para irse y por las prisas parecía que se habían quedado dormidos. Me subí a las banquetas para espiar. La mujer deambulaba por el comedor como buscando algo y el hombre le dijo que escondiera el dinero junto con el resto. La mujer levantó los cojines del sillón, se agachó y pude verle la cara. Yo me había hecho la imagen de que eran los típicos chicanos[41]morenitos, pero resultó ser una mujer rubia, de tez blanca. El hombre se puso en cuclillas para ayudarla y resultó también de aspecto muy americano, algo calvo y con una barba incipiente rojiza.

Cuando se fueron esperé un buen rato por las dudas de que volvieran. No lo hicieron y por lo que había escuchado, pasarían al menos dos días fuera. Salí de mi escondite, encendí las luces y lo primero que hice fue ir al baño. Me duché, comí tres hotdogs con mucha salsa de chilli y cuando volví al comedor vi las cajas de pizza sobre la mesa. Todavía había varias porciones que ni siquiera calenté, me las comí de un tirón. También me bebí dos refrescos y una cerveza. Fui a mi habitación y preparé una maleta con la ropa que pudiese servirme para el viaje. Cuando terminé me senté en la cama.

Me desperté sobresaltado cuando ya casi amanecía. Había soñado con mis abuelos. La nana me retaba por haberle roto los frascos con sus hierbas medicinales y el hueyitata me miraba con ojos de reprobación mientras señalaba un montón de botellines de cerveza vacíos que había a mis pies. El corazón se me aceleró al comprender que había dejado toda la noche las luces encendidas. Comencé a imaginar lo que pasaría si me pillaban allí, aunque fuese mi casa y me entró el terror en el cuerpo junto a unas ganas enormes de salir corriendo. Tuve que hacer un gran esfuerzo para contenerme. Una vez que saliese de allí no iba a tener el coraje de volver a entrar. Por ello me apliqué a repasar mi plan. Primero oculté los dólares en el fondo de un bolso y puse unas mudas de ropa encima. En un bolsillo coloqué mis documentos, una foto de mi madre y otra en que estaba con mis abuelos. Descarté llevarme la comida, se arruinaría con facilidad así que solo saqué del refrigerador unos refrescos. Bajé la maleta por la trampilla hasta el sótano y volví por el bolso. Entonces recordé a la pareja ocultando dinero bajo los cojines del sofá y me dije

---

[41] Chicanos: coloquial: estadounidenses de origen mexicano.

que, si eran pesos, me llevaría algunos para pagar mientras estuviese en México. Levanté los almohadones y casi se me saltan los ojos de las órbitas. Había varios fajos de billetes mexicanos, todos de quinientos pesos.

En aquella época las noticias repetían que el peso perdía valor día a día, así que pensé que no sería mucho robo si me lo llevaba todo. Cuando estaba guardando el dinero en el bolso, las vi: una pistola de color gris y un revólver. Primero pensé en empacarlas también. Podían servirme como defensa si querían robarme. Nunca había disparado un arma de esas, mi experiencia se reducía a rifles de aire comprimido. Al final desistí. Si no podía explicar el hecho de llevar tanto dinero encima, menos inocente parecería con una pistola o un revólver. De todos modos, los envolví en trapos y los metí entre los trastos del sótano. Cuando descubrieran mi escondite todavía les llevaría un buen rato encontrar sus armas.

La verdad, me sentí muy a gusto. No percibí el robo como una mala acción sino como un acto de justicia. Cuando tuve todo listo, salí por el cobertizo del patio trasero ocultando la tapa de entrada al sótano con un pesado cajón.

Apenas comenzaba a salir el sol y las calles estaban desiertas. Caminé hacia la terminal de autobuses que estaba cerca de casa. No sabía a qué ciudad iría, me bastaba que estuviese cerca de la frontera. Tuve mucha suerte porque en cuanto llegué partía un autobús para Nogales y me sobró un billete de los que había robado para pagar el boleto. El «camión»[42] iba bastante vacío por lo que dormí casi todo el viaje. Tampoco había mucho para ver, el desierto de Sonora es casi todo igual de seco.

En Nogales alquilé una habitación en un hotel cerca de la terminal de autobuses.

No costó mucho persuadirlos, aunque fuese menor. Les

---

[42] Camión: México. Se suelen llamar así a los autobuses de media y larga distancia. El nombre proviene de que en su origen eran realmente camiones adaptados al transporte de personas.

dije que esperaba a mi madre que venía de Estados Unidos para llevarme con ella. Quizás no lo creyeron hasta que vieron los billetes y pagué tres noches por adelantado. No tenía ni idea de por dónde comenzar. Nogales es una ciudad muy bulliciosa y activa, pero no puedes ir preguntando dónde encontrar un coyote que te pase la frontera ilegalmente. Ellos tampoco van con letreros ofreciendo sus servicios.

Tenía dinero suficiente para esperar la oportunidad y familiarizarme con la ciudad. Decidí ser prudente al gastar: comía en los puestos callejeros y no compré nada que no fuese necesario, incluso desistí del celular. Cuando acabó el tercer día de alojamiento me fui a otro hospedaje.

Recorrí casi toda la ciudad a pie, llegué hasta el puesto fronterizo y observé todo lo que pude. Por la noche, en mi habitación miraba televisión en inglés o escuchaba un curso básico de idioma que había comprado en una tienda. Necesitaba aprovechar el tiempo para aprender porque suponía que, del otro lado, nadie me hablaría en español. Después de una semana pude contactar con un grupo que iba a pasar la frontera por la sierra. El precio era de mil dólares y el trayecto por el desierto. No había garantías, el «pollero»[43] cobraba antes de comenzar la travesía.

Pregunté cuanto tiempo llevaba el viaje y me dijeron que de uno a tres días de marcha. Mi ansiedad por irme hizo que dijese que sí. Compré el galón de agua y las provisiones que me indicaron, me hice con una mochila para llevar en lugar de la maleta y unas zapatillas cómodas para caminar.

Ya hacía varios días que comía en una pequeña fonda. Era económica y limpia. En una de sus pocas mesas siempre encontraba a un hombre mayor que parecía esperar a al-

---

[43] Pollero: México. Nombre que se le da a la persona que ayuda a migrantes a pasar la frontera con Estados Unidos. También se los denomina coyotes.

guien. Se bebía una cerveza con mucha calma y luego se iba. Al segundo día ya nos saludábamos con la mano. El día antes de partir le dije «buenos días» y me contestó en inglés. Me entusiasmé pensando que podría practicar lo que había aprendido y le contesté en el mismo idioma. Me senté en la mesa de al lado para intentar llevar una conversación, pero a los diez segundos comprendí lo poco que sabía.

Se llamaba Ismael y llevaba muchos años viviendo en Estados Unidos. Una vez a la semana cruzaba la frontera para recoger frutas y hortalizas. Trabajaba en un restaurante y su jefe compraba parte de los suministros en México. Me preguntó qué hacía allí y le conté la historia que me había inventado y a fuerza de repetirla, casi me había creído: aquello de que esperaba a mi madre para que me llevase con ella a través de la frontera. Al final agregué que se estaba demorando mucho y no sabía por qué. El hombre se quedó pensativo un rato y luego me soltó que me resultaría sencillo cruzar yo solo porque tenía pintas de gringo. Por eso me había hablado en inglés. Creo que fueron mis abuelos quienes otra vez me iluminaron desde el cielo.

Le comenté que había contactado con un pollero que cruzaba a la gente por la sierra y meneó la cabeza. Según él podía hacerse cuando no quedaba otra opción, pero era peligroso, especialmente en esa época del año en que las temperaturas eran muy altas.

Ismael podía conseguirme la documentación con la cual traspasar la línea por el puesto fronterizo. Según me explicó los guardias no prestaban demasiada atención si quien cruzaba no les resultaba sospechoso. Tenía que aprenderme los datos del documento de memoria, mantenerme tranquilo y contestar las preguntas sin dudar. Una vez en Estados Unidos me llevaría a una casa segura en Tucson. Si necesitaba dinero para buscar a mi madre me podía poner en contacto con productores agrícolas de California. Con ellos podía trabajar casi todo el año en la recolección de naranjas, espárragos, fresas, tomates y nueces.

Me habló de que podía llegar a cobrar hasta cien dólares diarios. Por todo el servicio debía pagar unos cinco mil dólares. Supongo que captó mi cara de decepción porque se dedicó a enumerar los riesgos que corría él y la persona que «prestaba» el documento. La realidad era que no tenía esa cantidad de dólares y no sabía a cuánto equivalían los pesos que me quedaban. Le agradecí la oferta, pagué la comida y me fui cabizbajo. Sin dudas resultaba más atractivo cruzar la frontera sin tener que caminar por el desierto.

Cuando llegué al hotel me puse a contar lo que me quedaba de moneda mexicana. Si la cantidad era razonable podía hacerle una contraoferta a Ismael, si no, la única solución posible era el desierto. No podía demorarlo más porque llevaba demasiados días en el mismo albergue y eso me preocupaba. Según lo que decían por televisión, el peso se devaluaba cada día. En aquel momento unos mil pesos mexicanos eran noventa dólares. En total conté sesenta billetes de quinientos, unos dos mil quinientos dólares. Si juntaba a eso los ahorros de la abuela, solo me faltaban quinientos dólares para completar lo que pedía Ismael. El problema era que me quedaba sin nada y si salía mal no tendría otra oportunidad.

Por alguna razón no me presenté a la reunión con el pollero de la sierra. No había pagado, por lo que no estaba obligado a ir. Creo que dentro de mí había decidido que cruzaría con Ismael. Parecía un buen hombre y en algún sentido me recordaba a mi abuelo.

A mediodía fui a comer al mismo restaurante, pero la mesa de Ismael estaba ocupada por otra gente. Me decepcioné bastante porque había pensado que era mi oportunidad. Cuando salí me estaba esperando en la puerta. Me dijo que quería ayudarme a que encontrase a mi madre. Lo miré supongo que con incredulidad y entonces agregó que le faltaba una persona para completar el cupo de los que cruzarían esa semana y pensaba que tenía la identidad ideal para mí. Se trataba de un pariente suyo, el hijo de una prima, de un gran parecido conmigo. Me mostró una tarjeta de pasaporte cuya foto era bastante similar a mí. Me rebajaba el precio a tres mil quinientos dólares. No supe bien por qué, pero contesté que solo tenía treinta mil pesos mexicanos para gastar y que le agradecía la rebaja. El hombre hizo una mueca de fastidio, aunque siguió caminando a mi lado en silencio. Luego de unos minutos en los que debió haber estado echando cuentas, me dijo que lo haría por ese precio porque le daba pena que estuviese allí sin poder ver a mi madre.

Ya en aquella época se rumoreaba bastante acerca de coyotes que estafaban a los migrantes, los abandonaban a medio camino o incluso los secuestraban para pedir rescate a sus familiares. Ismael no tenía aspecto de mal hombre y realmente no lo fue. Tiempo después descubrí que utilizaba sus viajes para contactar y pasar mexicanos al otro lado. De esa manera se ganaba un sobresueldo para completar su salario del restaurante. No era que deseara ayudar, pero tampoco perjudicar.

Tuve que cortarme el pelo como el de la foto y practicar frente al espejo las instrucciones. Debía hacer el recorrido por el pasillo del puesto, a pie. Una vez estuviese del lado americano debería ir a los aparcamientos y esperar.

Fue tan sencillo que los guardias tuvieron que repetirme que pasase. Cuando me di cuenta de lo que acababa de hacer comenzaron a temblarme las rodillas de tal manera que creí no llegaría al lugar del encuentro.

Al final éramos diez. Viajamos hasta Tucson entre cajones de verduras en la parte posterior de un camión.

Durante dos años trabajé en el campo, vivía en hoteles baratos y no me daba casi gustos. Quería venir a Los Ángeles donde suponía estaba mi madre. Cuando creí tener suficiente dinero hice el viaje. No tuve en cuenta que nadie iba a rentarme un apartamento o una habitación sin tener un trabajo fijo. Intenté buscar un hostal o un alojamiento, pero eran demasiado caros. Deambulé por la ciudad y acabé durmiendo en la calle.

A los pocos días comprendí que era una aventura sin futuro. La policía nos desalojaba y los robos eran el pan de cada día. Yo tenía dinero que necesitaba conservar para subsistir. Hallar a mi madre dejó de ser una prioridad. No podía recurrir a las autoridades y la ciudad era tan grande que se me antojó imposible encontrarla. Por suerte conocí a un chavo en mi misma situación. Él era chicano[44], pero su padre estaba en la cárcel y su madre desaparecida. Juntos decidimos ganarnos la vida con la jardinería. Compramos dos bicicletas de segunda mano y algunas herramientas y comenzamos a recorrer el Redcliff Boulevard ofreciendo nuestro trabajo. Al inicio la gente desconfiaba y aceptábamos que nos pagaran con comida. Dormíamos en el Elysian Park, cerca del estadio de los Dodgers. En un par de meses ya teníamos clientes fijos y comenzamos a ganar dinero. Así conocí a Britt y a su esposa. El otro chavo se fue porque su padre había salido de la cárcel y se lo llevó con él. Tuvo mala suerte, murió al año siguiente en un accidente.

No sé si dije todo lo que pensé o pensé todo lo que dije, pero al levantar la cabeza me encontré los ojos de Britt y Jimmy mirándome con una mezcla de compasión y respeto.

–El robo de las casas era una táctica habitual. No tiene que ver con un crédito o con que no hayas pagado la luz –dijo Britt rascándose la barbilla–. Los policías comprados por los cárteles informaban cuando encontraban una propiedad fácil de tomar y discreta o bien ubicada. Te enviaron al albergue porque usaban el sistema en su provecho.

–¿Quieres decir que la casa es legalmente mía? –pregunté– ¿Podría recuperarla?

–Creo que sí. Tengo unos cuantos abogados y funcionarios de confianza en México. Si me das la ubicación podría pedirles que investigaran. Me deben muchos favores –contestó Jeremy.

---

[44] Chicano: estadounidense de ascendencia mexicana.

–El bolso pesado que has mencionado eran armas. John Crowford pagaba parte de la droga con armas de sus socios. Los *brokers* recogían la droga en la frontera y la llevaban a Tucson. Allí se les entregaba el pago en metálico y las armas para volver a México. Siempre elegían y, aún lo hacen, a parejas rubias o mujeres blancas con niños pequeños. Nadie desconfiaría de ellos –explicó Britt y se me pusieron los pelos de punta.
–No entiendo lo de las armas. Si les interesaba la droga, ¿para qué generar una guerra? –pregunté al recordar las noticias que llegaban desde México.
–Es una receta y les viene dando resultado desde la guerra de Vietnam. Militarizan la zona que quieren controlar, de paso venden armas a los dos bandos. Se hacen con la droga, evitan que los gobiernos actúen y negocian con el mejor postor. ¡Es un negocio redondo! –contestó Britt.
–Es decir que le robaste al mismísimo John Crowford cuando eras un niño. ¡Toda una hazaña! –dijo Jeremy riendo.
–Como hemos dicho antes, nada puede salir de estas cuatro paredes ¿verdad? –pregunté.
Los dos asintieron con la cabeza.

RICARDO LAMPUGNANI

XII

Luego de pasar los controles y de acreditarnos, subimos a la última planta del edificio.

—Déjanos hablar a nosotros —dijo Britt muy calmado, como siempre.

—Si alguien te hace una pregunta contesta solo lo necesario, lo que tú sabes. No digas nada sobre lo que hemos hablado en el hotel —agregó Jimmy.

Entramos en una sala de reuniones vacía. Jimmy y Britt depositaron sus maletines sobre la mesa.

Pasaron unos minutos sin que nadie apareciera. El nerviosismo comenzaba a retorcerme el estómago.

Britt miró la hora.

—Con seguridad han estado reunidos para definir una posición común —comentó Jimmy en voz baja.

Nos sentamos.

Britt fue a por agua fría de la máquina expendedora.

Yo me había esperado la típica comisaría de las series y películas: gente gritando, teléfonos sonando y policías entrando y saliendo con delincuentes esposados. Aquel edificio moderno parecía más un hospital que el Departamento de Policía de Los Ángeles.

Quise hablar, pero me hicieron señas de que era mejor mantener silencio.

Todavía esperamos diez minutos más hasta que la puerta

se abrió. Entraron tres hombres y una mujer que era en apariencia secretaria o asistente. Dos de los hombres vestían uniformes de policía y el tercero un traje gris con chaleco.

La secretaria hizo las presentaciones mientras yo me quedaba un paso atrás. Comencé a arrepentirme de haber ido.

Jimmy y Britt se dieron las manos con los dos uniformados y luego con el de traje. Se trataba ni más ni menos del Inspector General de la Policía de Los Ángeles, el jefe de la Policía y el Director de Asuntos Internos.

—Tú eres… ¿El damnificado? —me preguntó la mujer y sin esperar respuesta agregó —acompáñame por favor.

Estuve a punto de seguirla, pero Jimmy me detuvo agarrándome del brazo.

—Chío no sale de aquí —dijo con una firmeza que me sorprendió. Los uniformados hicieron una mueca de desaprobación y la secretaria se retiró.

Britt intentó presentarme al inspector general Dale Morton. Yo estiré la mano y me quedó en el aire. Dale Morton solo hizo un gesto con la cabeza. «Buen ejemplo de humanidad y educación», pensé. Britt me miró y solo nombró a los otros dos.

—Bien, señores. Veamos si podemos ayudarles a solucionar este problema, aunque creo que deberían seguir otro camino. Hay personal especializado en gestionar estas quejas y nosotros no tenemos mucho tiempo para dedicarles —dijo el jefe de policía con voz suave, pero afilada como una navaja.

—Cuéntenos exactamente qué sucedió —intervino el de traje, refiriéndose a mí.

Jimmy se levantó de su silla, cerró el maletín que tenía abierto e hizo el ademán de retirarse.

—Bien, yo pensé que la máxima autoridad policial tendría interés en solucionar de manera discreta un asunto tan delicado. Si no es así, nos hemos equivocado y quizás prefieran dar explicaciones públicas de por qué el Departamento de Policía de Los Ángeles no sanciona a sus agentes corruptos —dijo dirigiéndose a la puerta.

—La palabra corrupto es muy fuerte, abogado. Para eso estamos nosotros —dijo el de traje visiblemente molesto.

—Si hubo un exceso o un abuso de poder por parte de algún agente, tienen a disposición una hoja de quejas y, le aseguro que cada una es investigada con la máxima rigurosidad —agregó el jefe de policía.

El director de asuntos internos nos extendió una hoja de papel impresa para exponer quejas.

El inspector general se mordió el labio superior.

—Yo conozco algo de su trayectoria, abogado y también la fama que precede a Britt Stanley. Creo que ninguno de los dos jugaría una partida así lanzando un farol —dijo haciendo un gesto a los otros dos de que se tranquilizasen.

Britt, Jimmy y yo ya estábamos casi saliendo del despacho.

—¡Gracias jefe Dale! Yo llamo corruptos a los policías que amenazan, allanan propiedades y golpean a personas inocentes tapándose las identificaciones, ocultando las matrículas de las patrullas y abusando de su poder en beneficio de narcotraficantes, mafiosos, traficantes de menores, blanqueadores de capitales y vendedores ilegales de armas. Si ustedes les quieren pagar un sueldo y darles un uniforme a individuos que cobran también de los delincuentes… Será algo que tendrán que explicar a la opinión pública cuando el tema salga a la luz. Y no podrán decir que no lo sabían —dijo Jimmy tan calmado como si estuviese ofreciéndoles una receta de cocina.

Los tres funcionarios que habían comenzado a levantarse de sus sillas volvieron a sentarse como si un viento huracanado los hubiese empujado.

El inspector general Dale Morton nos hizo señas de que volviésemos a entrar y cerrásemos la puerta.

Jimmy pidió un proyector y una pantalla, extrajo su computadora y la colocó sobre la mesa.

–Chío Malpigia, aquí presente, trabajó como jardinero para Britt Stanley mientras vivía en Los Ángeles. Nunca supo a qué se dedicaba. Mientras Britt estaba en Washington le alquiló a Chío un solar de su propiedad para instalar un *garden center* –dijo mientras esperábamos que trajesen lo solicitado.

–No sé qué tiene que ver esto con los policías corruptos –interrumpió el director de asuntos internos.

–¡Hágame el favor de callar! –exclamó molesto el inspector general–. Escucharemos lo que tengan que decir y luego tomaremos una decisión.

–Mientras montaba el negocio, Chío fue contactado por Patrice Crowford y Victoria Pierce que utilizando los alias de Patrizia Bargas y Vicky Cabrera lo invitaron a participar en un programa de televisión que sirve como tapadera para sus presuntos negocios ilegales.

–¿Patrice Crowford? ¿Algo que ver con John Crowford? –preguntó el jefe de policía.

–Sí, es su mujer –contestó Britt.

–No me lo puedo creer. Lo conozco como director de cine y empresario, tiene contactos muy influyentes y es miembro del…

–¿Club del Búho? –preguntó Jimmy.

–No hay pruebas contra ese club, pero no hay que ser muy listo para deducir lo que pasa allí –agregó Britt.

–¡Señores! Nos estamos metiendo en una zona muy pantanosa y no voy a quedarme a escuchar especulaciones –dijo el Inspector General.

–Por eso quiero ir a los hechos sin que me interrumpan –se quejó Jimmy.

–Pero ha sido usted quien habló de John Crowford y sus negocios ilegales –refutó el jefe de policía.

–Dije «presuntos» y debo aclarar que existe una investigación de la DEA que ha reunido pruebas en su contra durante cinco años, pero no hemos venido a acusar a Crowford, eso caerá por su propio peso. Hemos venido a acusar a sus policías corruptos y sobre eso sí que tenemos pruebas —dijo Jimmy y su voz perdió la calma—. ¿Puedo proseguir?

Se abrió la puerta y la secretaria trajo la pantalla y el proyector.

El director de asuntos internos se rascó la cabeza, el jefe de la policía se tapó la cara con las manos y el inspector general miró al techo y suspiró.

—Prosiga.

—Los susodichos Patrizia Bargas, Vicky Cabrera y John Crowford prometieron a Chío publicidad a cambio del micro, pero no cumplieron. Cuando él se negó a continuar, le enviaron dos patrullas de policía a allanarle el negocio. El vídeo que verán a continuación fue tomado por las cámaras de seguridad del *garden*. Se puede ver fecha y hora por lo que podrán determinar si alguien dio la orden para ese operativo.

Britt ayudó a conectar el proyector y apagó las luces.

—Chío llega al *garden* y ya lo están esperando. Tiene que abrir el portón y uno de sus hombres se impacienta. Aquí se ve el coche con las puertas abiertas. Es en el que viajaban los dos oficiales. El otro tiene al menos cuatro agentes más agazapados. ¿Por qué? Chío se dirige al mostrador para dejar sus cosas y uno de los policías extrae su arma. ¿Procedimiento normal? ¡En absoluto! Ese es un asesino en potencia. Le piden la documentación del negocio sin una orden ni una razón. En el contrato de alquiler figura el nombre de Britt Stanley como propietario y el policía se sorprende. Cuando descubre las cámaras se tapa la identificación y al saber que están conectadas a una central, se retiran. ¡Todo irregular!

—No puedo decir que hayan actuado según los códigos —comentó el director—habría que investigar qué hacían allí y por qué.

—Es bastante curioso que cuando Chío le enseñó el contrato de alquiler, el policía le preguntase si el terreno me pertenecía —dijo Britt—. Sería una información valiosa solo para John Crowford quien sabía que había arruinado parte de su negocio unos años atrás.

–No entiendo la relación –dijo el Inspector General.

–No hay misterio jefe Dale. Estábamos a punto de echarle el guante cuando cambió la Administración. Nos ordenaron dejarla y filtraron mi nombre a Crowford. Tuve que irme de Los Ángeles porque amenazaron de muerte a mi esposa.

–Lo siento, no lo sabía.

–Así es la política en este país.

–Pero lo que une todas las pistas es este segundo vídeo que tomó un testigo con su celular y complementan las cámaras de vigilancia de su casa –continuó Jimmy–. Primero veamos el de la casa. El resplandor que se ve detrás del coche que aparca son las luces del patrullero. El coche es el de Chío y su negocio está tan solo cincuenta metros más atrás. Quiere decir que estaban esperando a que saliese. No hay resistencia, no le piden la documentación, lo encandilan con la linterna y lo obligan a bajar. El número de la patrulla está tapado, lo que habla de premeditación. Lo obligan a ponerse de espaldas y comienzan a pegarle. No hay intento de defensa, Chío solo se cubre. Y aquí se ve cómo sale el dueño de casa que estaba observando por la ventana y graba con su teléfono.

–Definitivamente iban a matarlo, aquí tienen el informe del hospital: costillas fisuradas, conmoción cerebral, hematomas en cara y ojo –dijo Britt soltando el papel sobre la mesa.

–Si no interviene este hombre, nunca hubiésemos relacionado el ataque con Crowford. Presten atención al audio de los primeros segundos –advirtió Jimmy dándole al *play* y subiendo el volumen.

Se escuchó claramente «¿Quién va a ayudarte espalda mojada de mierda? ¡Tu amigo Britt Stanley no está aquí para hacerlo! Y no una sino hasta tres veces precediendo a un golpe.

–Es cierto que en este caso la cara del agresor se ve muy movida debido a los nervios del testigo, pero hay un instante en que la imagen es muy nítida —dijo Jimmy y adelantó el vídeo hasta mostrar la cara del policía que me había pegado. —Como se puede observar no hay identificación oficial.

—No es necesario identificarlo —interrumpió el director de asuntos internos—, conozco a ese hombre. —El jefe y el inspector General se giraron sorprendidos.

—¿Está usted seguro? Hay casi diez mil oficiales en este cuerpo —preguntó el jefe de policía.

—Estoy seguro, lo hemos investigado porque lleva un tren de vida no acorde con su sueldo. Uno de mis hombres lo escuchó alardear en un bar, pero no encontramos nada. Lo único extraño es que casi no hay movimiento en sus cuentas, paga casi todo en efectivo. Así es difícil acusarlo. Cuando lo interrogamos dijo que tenía suerte en el juego.

—Esta vez ha perdido, eso espero —dijo Britt y todos lo miraron con cara seria.

El inspector general nos pidió que esperásemos fuera mientras ellos debatían las acciones a tomar. Me llamó la atención que antes de salir Jimmy desconectó el portátil, cerró el maletín y se lo llevó con él. Britt hizo lo propio con el suyo.

—Ustedes no confían ni en el jefe de policía —comenté mientras esperábamos en una especie de corredor. Britt me hizo señas de que bajara la voz.

—No sabemos si alguno de los tres está también con Crowford —susurró Jimmy—, así que es mejor ser precavido.

—Piensa que hemos venido a meterle el dedo en el ojo al tercer departamento de policía más grande de Estados Unidos por detrás de New York y Chicago —agregó Britt mientras enseñaba su dedo índice.

—Y ahora, ¿qué pasará? —pregunté.

—Creo que nos ofrecerán un trato. La policía siempre quiere disciplinar por sí misma a sus efectivos. Por todo eso de «mantener la imagen de la institución». Puede que suspendan o echen al menos a los tres oficiales que son identificables. Si quieren dar ejemplo al resto, quizás los obliguen a declararse culpables en un juicio discreto y pasen unos meses en prisión o detención domiciliaria.

–¿Y después? –pregunté, porque me imaginaba que al salir de prisión irían por mí.

–Supongo que se irán muy lejos, puede que a otro estado. Crowford no se quedará tranquilo sabiendo que parte de sus «hombres» han sido descubiertos e interrogados. No sabrá qué puedan haber dicho para salvarse –contestó Jimmy.

–También es factible que los «suiciden» mientras están detenidos o mueran misteriosamente antes del juicio –agregó Britt y un escalofrío me recorrió la espalda. A pesar de que habían querido matarme no me ilusionaba la idea de ser responsable de la muerte de otras personas.

Jimmy pareció adivinarme el pensamiento.

–Son peones en este juego de ajedrez y hay muchas piezas muy importantes que deben ser defendidas. Incluso hay amigos íntimos de «el elegido», por tanto, los peones son sacrificables.

–¿El elegido? ¿Quién es el elegido? –pregunté y sin querer levanté la voz. Britt y Jimmy me hicieron señas de que no hablara alto.

–¿No sabes quién es el elegido? Ya te lo explicaremos en otro momento. –dijo Britt conteniendo la risa.

Se abrió la puerta de la sala de reuniones y salió el director de asuntos internos. Llevaba en una mano la libreta en la que había estado tomando apuntes y hablaba por teléfono con la otra. Pasó a nuestro lado sin siquiera mirarnos.

–¿Buena o mala señal? –preguntó Britt a Jimmy susurrando por lo bajo.

–Creo que buena, si hubiese salido distendido me habría preocupado –contestó Jimmy.

Yo comencé a preguntarme para qué me habían llevado. No había dicho una sola palabra hasta el momento.

En un par de minutos nos llamaron. El jefe de policía intentó hacerme quedar afuera, pero Jimmy se negó.

–Todos estamos en el problema y no hay nada que ocultar

de nuestra parte —dijo con firmeza.

—Deberíamos hablar entre funcionarios y no creo que sea discreto que el damnificado esté presente —objetó el inspector general con gesto de fastidio.

—Jefe Dale, a quién estuvieron a punto de matar fue a Chío, no a usted ni a mí. Tanto sea que ustedes hayan tomado una decisión como si quieren negociar algo, el más interesado es él. Ni hablará solo frente a ustedes ni hablaremos nosotros sin él —dijo Britt con un tono que no dejaba dudas de que estaba comenzando a mosquearse.

—Creo que nos deberían dar tiempo a que hagamos nuestras propias investigaciones —dijo el jefe de policía.

—Ahora que están al corriente de lo que sucede, no hay tiempo. No se trata de un simple exceso policial. Por tanto, nos vamos de aquí con un acuerdo firmado, con los oficiales detenidos y cesados o, conozco varios jueces federales que seguramente considerarán tratar este hecho como un delito federal, vistas las derivaciones que tiene —dijo Jimmy con una sonrisa.

Britt abrió su maletín y comenzó a sacar las carpetas que habíamos visto en el hotel.

—Un dato más para que quede todo mucho más claro. Estos expedientes han sido desclasificados la semana pasada porque el caso Crowford ya no interesa. El FBI ha tomado cartas en el asunto y en pocas horas detendrán a uno de los peces gordos. Toda esta mafia caerá como un castillo de naipes. Por eso, no me cuesta nada dárselos a un periodista de investigación. Creo que hasta me pagarían bien.

—Me suena a extorsión y yo, al menos, no voy a permitirlo —dijo el inspector general con cara de pocos amigos.

—De ninguna manera —se plegó el jefe de policía.

—No es ninguna extorsión. Les hemos puesto delante de los ojos las pruebas de varios delitos: intento de homicidio, allanamiento, brutalidad policial, corrupción… Solo les pedimos que cumplan con su obligación —argumentó Jimmy.

–Y usted sabe muy bien jefe Dale que en estos casos no hay tiempo que perder –agregó Britt.

Yo miraba a los involucrados en aquella pulseada y cada vez me sentía más indefenso. En ese momento volvió a entrar el director de asuntos internos. Se veía contrariado. El jefe y el Inspector general se quedaron mirándolo como esperando una respuesta. Él solo negó con la cabeza.

–Bien, señor Chío Malpigia. ¿Qué pretende usted con todo esto? –me preguntó el jefe de policía.

Yo miré a Britt y a Jimmy.

–No hay problema, Chío, puedes responder –dijo Jimmy.

–Yo pretendo poder trabajar sin que nadie venga a amenazarme o a intentar matarme, y menos la policía sin causa justa. He hecho un micro de jardinería para un programa de televisión que creí legal y resulta que son mafiosos que manejan incluso a las fuerzas del orden. Si la máxima autoridad de la policía no actúa, estoy de acuerdo que hay que buscar otros caminos para defenderse. Una vez muerto se podrán dar muchas razones, pero estaré muerto.

–¡Ellos no manejan a la institución! –saltó el director de asuntos internos.

–Pues hasta ahora nadie me ha demostrado lo contrario –respondí–. Y eso que he tenido la gran suerte de contar con un abogado federal y un detective de la DEA a mi lado. No quisiera pensar lo que le sucede a una persona cualquiera con la que hagan lo mismo.

Se hizo un silencio total. Los tres funcionarios evitaron mirarme a la cara.

–Por mi parte, he comprobado que en el primer incidente no hubo ninguna orden, denuncia o llamada que justificase el allanamiento del *garden* –dijo el director de asuntos internos luego de unos segundos–. Los localizadores de las patrullas los muestran detenidos durante varios minutos en la dirección del negocio. Solo se informó de un procedimiento de rutina para verificar que todo estuviese en orden.

–¿Y en la agresión? –preguntó Britt.

—No hay nada. No constan patrullas en el lugar ni hay informes, denuncias o llamadas.

—Debería existir al menos la llamada del hospital informando del incidente, se movilizó una ambulancia —comentó Jimmy rascándose la barbilla.

—No hay ningún incidente registrado en la zona y eso de por sí es extraño —acotó el director de asuntos internos.

—¿Un fallo casual del sistema? —preguntó Jimmy con ironía.

—O quizás alguien borró adrede los registros y existe una mafia dentro del Cuerpo —remachó Britt.

—Bien señores, creo que no hay mucho más por hablar. Necesitamos una declaración del señor Chío Malpigia y los vídeos de ambas actuaciones. Si hay manzanas podridas en el cajón habrá que retirarlas —concluyó el inspector general.

—La declaración ya la tenemos redactada, solo hay que transcribirla y firmarla. También dejaremos copia de los vídeos y en caso de ir a juicio proporcionaremos la identidad del testigo que está dispuesto a colaborar —dijo Jimmy colocando un pendrive sobre la mesa.

—Muchas gracias abogado. El director de asuntos Internos se mantendrá en contacto con usted para informarle de los avances que hagamos. El tema desde ya tiene máxima prioridad —dijo el inspector general.

—De hecho, tenemos identificados a casi todos los oficiales de ambos incidentes. Les he ordenado que vuelvan a comisaría y quedarán incomunicados hasta que les tomemos declaración. Los que faltan saldrán del interrogatorio que hagamos —aseguró el director de asuntos internos.

Cuando salimos del edificio me pareció que había pasado un siglo allí dentro. Jimmy respiró profundamente y se aflojó el nudo de la corbata. Britt seguía con el ceño fruncido.

—¡Vamos, hombre, relájate! La primera batalla está ganada —dijo Jimmy dándole una palmada en la espalda—. ¿Cómo es eso de que van a detener a un pez gordo?

–Sí, es cierto, pero puede que no tenga que ver con Crowford y, tampoco los informes están desclasificados. Tengo una copia porque he sido yo quien ha dirigido la investigación.

–¿Un farol?

–Solo un poco de presión extra. Démonos prisa en llegar al hotel que necesito un par de cervezas, ¡urgente!

–Vamos a comer un buen *French Dip Sandwich* para acompañar las cervezas. Conozco un sitio en el *Downtown* que hacen los mejores de California –dijo Jimmy, y a Britt se le iluminó la cara.

Yo también tenía hambre. No lo había notado hasta ese momento. Cuando miré la hora entendí la razón. Eran casi las dos de la tarde.

–No sé lo que es un *French Dip* –dije algo amohinado por mi ignorancia gastronómica.

–Es un sándwich de ternera cocida a fuego lento con pimiento, cebolla y queso. Se dipea o se sumerge en una salsa que proviene de la cocción de la carne –explicó Jimmy– ¡Una delicia!

–También los hacen de cerdo, cordero y pavo –agregó Britt.

–¡Qué va! Eso no es *French Dip*. El original es de ternera, jugosa con su queso cheddar y la salsa –corrigió Jimmy.

–¡Cállate ya! Que se me hace agua la boca.

–Creo que va a gustarme –dije animado por la descrip-ción.

Nos encaminamos hacia el restaurante y mientras lo hacía-mos recordé:

–¿Pueden decirme ahora quién es el elegido?

–El elegido es alguien que piensa haber sido tocado por dios para liderar este país –contestó Britt a media voz.

No me hizo falta más aclaración, me imaginé en seguida a quién se refería.

XIII

Siempre pensé que los abogados ganaban el dinero fácilmente. Después de ver a Jimmy en acción comprendí que un buen abogado necesita nervios de acero, una mente clara y la cabeza fría, además de saber mucho de leyes.
La reunión con Patrizia Bargas, Vicky Cabrera, John Crowford y su letrado Henry Cousins estaba prevista para las cinco de la tarde. Habíamos acabado de comer nuestros *French Dip* casi a las cuatro y nos fuimos al hotel para preparar la estrategia.
—Si estoy en lo cierto, vendrá solo el abogado y puede que ni siquiera él —dijo Jimmy.
—Entonces ¿qué haremos? —pregunté.
—Iremos nosotros a la Corte de Reclamos Menores y presentaremos una denuncia por el cobro de tus honorarios. Quien pega primero, pega dos veces.
—No entiendo —dije confundido.
—En el contrato falso que ellos te intiman a cumplir, ellos aceptan que hay una relación comercial o laboral de casi un año. Nadie trabaja gratis y menos aún paga por trabajar. No pueden probar que tú debes publicidad porque la publicidad no se emitió. La prueba son los programas que salieron al aire. Por tanto, puedes reclamarles lo mismo que ellos te exigen.

–No lo había pensado, eres brillante Jimmy.

–Gracias, pero no es tan sencillo. Sería una batalla larga en los tribunales que costaría más de lo que podría beneficiarte. Yo apuesto por la negociación, aunque el resultado final sea menor. Si conseguimos cerrar un trato esta semana todo lo que obtengamos será libre de gastos. Ya te dije que no voy a cobrarte nada. Si se extiende, tendrás que buscar un abogado en Los Ángeles porque yo no podré llevar el proceso.

–Entiendo.

–Ahora, quisiera que te centres en lo que quieres tú. No pienses en hacer justicia.

–¿Qué es lo que quiero?

–¡Exacto! ¿Estás dispuesto a llevar adelante un juicio contra esta gente? Tienes muchas posibilidades de ganarlo.

–¡No! No necesito su programa, me están esperando de dos más mucho mejores en los que sí me pondrán publicidad y también cobraré un porcentaje de Greenpack o de los sponsors que lleve. Además, sabiendo ahora quienes son, no trabajaría con ellos ni loco –dije convencido. Unos días atrás hubiese querido verlos hundidos, pero ahora solo quería retomar mi vida con la garantía de que no volverían a molestarme.

–Bien, estamos de acuerdo –dijo Jimmy estirándose en la silla– ¡Éste es el plan! Intentaremos que renuncien a demandarte y que te paguen al menos una parte de la publicidad que te negaron. Luego firmaremos un acuerdo por el que nadie debe nada a nadie.

–Dicho así parece fácil –dije mientras mi admiración por Jimmy Lambert crecía.

–Todavía faltan veinte minutos para la hora en que hemos quedado, voy a ducharme para espabilarme y vuelvo. Si quieres un café o lavarte la cara…

–Estoy bien, quizás un café.

Britt se había quedado dormido en uno de los sofás. Al escuchar que nos levantábamos del escritorio, se despertó.

–¿Me he perdido algo? –preguntó soñoliento.
–No, ya hemos acabado con la planificación. Voy a ducharme, pero si quieres ir tú primero, tampoco pasa nada –contestó Jimmy.
–Sin problemas, prefiero ir a mi habitación, también me ducharé y prepararé un buen café. Es mejor que no esté aquí cuando lleguen. Nos mantendremos en contacto a través del celular por si soy necesario.
–Bien, te aviso en cuanto haya novedades –dijo Jimmy antes de meterse en el baño. En cuanto Jimmy salió de la ducha fui a refrescarme. Se me cerraban los ojos. Había sido una mañana muy dura en el departamento de policía y la espera había terminado por agotarme.
A las cinco en punto estábamos listos y unas buenas dosis de cafeína nos habían puesto a tono, pero nadie se presentó. Veinte minutos más tarde sonó mi teléfono. Era Ericka para comunicarme que los Kidd habían aceptado el presupuesto y comenzábamos con el jardín en una semana. Estaba loca de contento.
–Es buena chica, muy trabajadora y leal. Tú una excelente persona. Tendrán mucha suerte los dos –dijo Jimmy cuando se lo dije.
Antes que pudiese preguntarle a Ericka si quería hablar con su padre, sonó el teléfono de la habitación. El abogado Henry Cousins había llegado, solo.
–Hágalo subir, por favor –dijo Jimmy.
Creo que si hubiese tenido una bolsa de papel me hubiese puesto a respirar dentro de ella para calmar la ansiedad. Mi cabeza se iba a todo el movimiento que debería hacer para garantizar que el material para el jardín estuviese a punto. También debía contactar con la productora de los dos programas nuevos con los que comenzaría a colaborar, abrir el vivero, revisar que todo estuviese en orden… Tenía unas ganas enormes de retorcerle el cuello a Henry Cousins por haberme complicado la vida de esa manera. Cuando entró me quedé sentado.
–Buenas tardes señor Malpigia –saludó y me extendió la

mano.

–Buenas tardes –contesté, pero lo dejé esperando. Vestía de la misma manera desarreglada que cuando se presentó en el negocio. Incluso puede que llevara la misma camisa arremangada y la misma corbata mal anudada. Los pocos pelos con los que intentaba disimular su calva estaban despeinados como si hubiese venido en moto.

–Siento el retraso, pero tenía una audiencia –mintió.

–Me hubiese llamado y posponíamos la reunión para otro día, abogado –dijo Jimmy con su habitual calma.

–No, prefiero zanjar este tema lo antes posible porque mis clientes no quieren problemas –dijo y se repantigó en la silla como si estuviese en una taberna.

–Bien, si usted está de acuerdo, «abogado», esperaremos cinco minutos más al resto de los citados.

–Podemos comenzar porque no vendrán. Ya sabe, los empresarios siempre están ocupados, por eso nos contratan. –dijo poniendo sobre su falda el mismo maletín destartalado que llevara al *garden*.

–No hay problema –respondió Jimmy–. Supongo que tendrá usted la autorización para hablar, negociar y cerrar tratos en su nombre. No quisiera hacerle perder el tiempo a mi cliente.

–Sí, aquí tengo un poder general para gestionar los intereses de la productora –dijo Cousins y, sin cambiar su posición en la silla, extendió a Jimmy una carpeta que había visto mejores tiempos hacía años.

Jimmy hizo un scanner a los papeles con su celular y se los devolvió.

–Supongo también que ha traído el original del contrato que sus clientes intentan hacer cumplir –dijo Jimmy con una parsimonia digna de un maestro tibetano.

–Bueno, sí, pero su cliente ya tiene una copia. Es lo mismo.

–Perdone abogado, pero que yo sepa, cuando se firma un contrato se hace con dos originales y lo que tiene mi cliente es una burda fotocopia.

–Por supuesto, no sé qué habrá hecho su cliente con su

copia, la que tiene usted allí es la que yo le entregué en el *garden* cuando fui a intentar negociar su cumplimiento. Tuve que apretar los puños y afirmar los pies en el suelo para no levantarme y coserlo a puñetazos.

—Como abogado del señor Malpigia no me consta que él tenga en su poder un original del contrato, por lo que, si usted lo tiene, le ruego me lo permita escanear —dijo Jimmy en el mismo tono de voz. Me parecía increíble que no se alterara.

Henry Cousins metió de mala gana la mano en su maletín y extrajo el contrato grapado. Jimmy lo escaneó.

—Aquí veo que usted certifica las firmas de todos los participantes en el acuerdo y da fe de que lo han hecho en su presencia, ¿es así?

—Bueno, usted conoce esos contratos, hay unas cláusulas básicas y se agregan las necesarias para cada caso.

—No me ha contestado la pregunta. Usted certifica las firmas como que han sido estampadas en su presencia. ¿Es cierto?

—Supongo que sí, certifico muchos contratos al año.

—Es decir que usted certifica firmas que no han sido puestas en su presencia.

—Usted sabe muy bien que es un proceso habitual, sería imposible hacerlo de otro modo —adujo Cousins sentándose ya un poco más recto—. No lo recuerdo, pero puede que me hayan entregado el contrato ya firmado para certificarlo.

—En realidad desconozco el proceso habitual del que me habla, yo no certificaría ninguna firma si no está puesta en mi presencia, es un riesgo muy grande y una falta de ética.

El abogaducho se encogió de hombros. Jeremy me miró con cara de extrañeza.

—Abogado, yo lo respeto a usted como colega, pero me parece que su actitud no está siendo muy profesional. Usted viene aquí a negociar el cumplimiento de un contrato que ni siquiera sabe si es legal —dijo Jeremy todavía cal -mado, pero firme.

–¿Cómo no va a ser legal? ¿Quién dijo que no es legal? –Cousins había perdido todo el desparpajo inicial y ahora se mostraba nervioso y molesto.

–Lo acaba de poner en duda usted, mi estimado colega. Ha dicho que suele certificar firmas sin estar usted presente y, en el caso del señor Malpigia reconoce que le pueden haber dado el contrato ya firmado.

–Pero eso no significa que no tenga validez. Él lo firmó y aceptó su compromiso –dijo señalándome con el dedo.

–Yo no firmé ese contrato. Es más, hasta que usted fue a mi vivero, yo no lo había visto nunca –interrumpí ya bastante molesto–. Jamás habría firmado un contrato en el que tengo que pagar para trabajar.

Jimmy me hizo una seña para que no siguiera.

–¡Abogado! Aquí tengo tres firmas del señor Malpigia –dijo Jeremy mostrándole tres papeles–. La primera es de esta mañana en el departamento de policía, la segunda es del contrato de alquiler del terreno en que tiene el negocio y sí está certificada por un abogado de Los Ángeles y la tercera corresponde al DACA. Es decir: una policial, una ante abogado y otra federal. Las tres son muy parecidas entre sí, pero no tienen nada que ver con la que usted certificó en el contrato. Por tanto, me inclino a pensar que es falsa y usted ha incurrido en falsedad documental.

El abogado pareció despertar de un sueño. Se ajustó el nudo de la corbata, se pasó la mano por el cabello y levantó y bajó el maletín varias veces, del suelo a su falda, de su falda al suelo.

–Bien, yo he venido aquí a negociar de buena voluntad… –dijo mirando hacia todas partes como si buscase una vía de escape.

–Eso, ni yo ni nadie lo pone en duda, abogado –interrumpió Jeremy que ya era dueño y señor de la situación.

–Es que yo actué de buena fe. Quizás me confié de la honestidad de mis clientes –dijo poniendo cara de víctima.

Si en algún momento había pensado que aquel hombre

era tonto, ahora estaba convencido que todo era una actuación.

Me reí con ganas.

—Entonces acordemos que usted no puede exigir el cumplimiento de un contrato que tiene muchas probabilidades de ser falso. Y si se llega a comprobar en un juicio, su carrera como abogado se va por el retrete.

Henry Cousins asintió levemente con la cabeza.

—Pero además hay otro problema —continuó Jeremy—. El acuerdo real con sus clientes era que Chío Malpigia hacía sus micros de jardinería a cambio de publicidad para su negocio. Exactamente al revés de lo que usted sugiere con este contrato.

—Bueno, no hay problema. Se rompe el contrato y ya está —dijo Cousins y se jugó su última carta. Yo, hubiese firmado.

—No tan rápido Cousins, no tan rápido. Hay algo de verdad en el contrato y es la relación laboral de mi cliente con sus representados. Él estuvo trabajando sin un sueldo durante casi un año con la seguridad de que ponían publicidad de su centro de jardinería en el programa. Como dijo Chío hace un momento, nadie trabaja gratis y menos aún paga por trabajar. Me he tomado la molestia de pedir al canal los vídeos del programa y la publicidad es casi inexistente. Sí que hay un espacio destinado a la jardinería, grabado en el vivero de mi cliente, pero casi no se lo menciona. Según este contrato, a todas luces leonino, Chío Malpigia contrató una publicidad para su negocio que pagaría con los vídeos y metálico. El pagó al menos con los micros… ¿Y la publicidad? ¿Dónde está?

—No lo sé, si el contrato no es válido, ¿cómo probará su teoría? —preguntó el abogado que ya comenzaba a delirar.

—No es probar algo, Cousins. Recuerde que estamos negociando en buenos términos. Yo creo que sus clientes han intentado estafar a Chío Malpigia con este contrato. Apostaría que las otras dos firmas son verdaderas y la suya, abogado, también. Por otra parte, creo que ya lo han estafado al no retribuirle sus micros como habían pactado. No puede separarse una cosa de la otra. ¿En cuánto crees que te han perjudicado, Chío?

—Bueno, contando las veces que he ido a ornamentar el plató con plantas naturales, la publicidad que no pusieron, la pérdida de Greenpack como anunciante… Yo creo que estamos cerca de los cuarenta —dije intentando parecer serio.

—¿Cuarenta dólares? —preguntó Cousins— si es eso, puede arreglarse.

—Cuarenta mil dólares, abogado. Los estafadores de sus clientes me han hecho perder cuarenta mil dólares —contesté inyectando toda la rabia posible a mi voz y a mi mirada.

—Bueno, esa cantidad es una gran suma —balbuceó Cousins. Jimmy, mientras tanto se desentendió de la conversación. Estaba mirando su celular o enviando un mensaje. Cuando terminó con el teléfono, preguntó:

—¿Está usted en condiciones de pagar esa cantidad para resarcir a mi cliente?

El abogado meneó la cabeza. En ese instante sonó el teléfono de Jeremy.

—Buenas tardes Inspector —contestó—¡bien, bien! me alegro mucho. ¿Qué ya han confesado? Y… ¿sabe qué razones han dado para su actuación? Es decir… que aceptan su relación con el caso. ¡Bien! ¿Un abogado? Espero que no sea el que sospecho, no me parece capaz de hacer algo semejante. Bueno, jefe Dale, luego lo llamo que estoy en una reunión sobre el mismo tema. Un saludo a su familia y gracias por informarme.

La ansiedad me subió hasta la garganta. ¿Quiénes habían confesado? Miré a Jeremy buscando una explicación y recibí una mirada cómplice.

—Bueno, abogado, creo que no hay más para decir —dijo levantándose de la silla y plantándose delante de Henry Cousins quien se había puesto pálido y sudaba copiosamente pese al aire acondicionado.

–Yo debo hablar con mis clientes –dijo rebuscando algo dentro del maletín.

–No hay problema, Cousins, pero la negociación se acaba con esta reunión. Es evidente que no se trata de un simple conflicto de intereses, ni siquiera de una falsificación documental. Hay extorsión, intimidación y posible corrupción de funcionarios públicos. Es bastante más gordo de lo que yo pensaba y no quisiera creer que usted está implicado.

–Solo quiero salir un momento y hacer una llamada a mis clientes –dijo mostrando el celular.

El teléfono de la habitación comenzó a sonar. Jimmy le hizo una seña a Cousins de que podía abandonar la habitación. El abogado comenzó a caminar hacia la puerta con paso muy lento. Jimmy lo observaba mientras descolgaba el auricular.

–¿Sí? ¿El detective Britt Stanley de la DEA? Lo esperaba más tarde, dígale que suba o, mejor que me espere en el bar y que carguen lo que consuma a mi cuenta.

Yo no entendía nada, pero comencé a sospechar que se trataba de una jugada maestra urdida entre Britt y Jimmy. Henry Cousins había escuchado lo que Jimmy había querido que supiese.

Cuando el abogado cerró la puerta quise preguntarle a Jimmy de qué iba todo eso, pero me hizo señas de que me callara.

–Señor Malpigia: Llegados a este punto debo hacer una disquisición entre mi función como su abogado y mi carácter de letrado federal. Este asunto es mucho más oscuro de lo que parece y usted ha caído de manera inocente en una trama delictiva. Como «su» abogado debería aconsejarle que acepte un acuerdo solo si satisface los daños que le han causado y va ligado a un compromiso escrito por parte de esta gente de que no volverán a molestarlo. En caso de incumplimiento, usted se verá en la libertad de continuar las acciones legales, pese al resarcimiento económico. Como abogado federal debo pedirle que continúe con las acciones a fin de ayudar a una investigación mayor.

Yo me encogí de hombros. No sabia bien qué contestar y Jeremy me hizo señas de que ahora sí hablara.

—Le agradezco su consejo, abogado. Veamos la propuesta que harán. En realidad, mi ánimo es continuar con el juicio, más sabiendo que no solo han querido perjudicarme en lo económico sino también en lo personal. Ahora, la verdad es que yo soy jardinero y quisiera continuar con mi vida y mi trabajo normales. Supongo que la justicia tiene sus medios para acabar con esta mafia sin mí —dije de un tirón y Jeremy me hizo señas de que estaba perfecto.

Esperamos más de diez minutos sin que Cousins volviera. Abrimos la puerta de la habitación y tampoco lo vimos en los pasillos. Jimmy hizo una llamada.

—¿Britt? Dime si ha pasado por allí un señor calvo, camisa arremangada y corbata con un maletín viejo —dijo y acto seguido, conectó el manos libres.

—Sí, Jimmy, hace unos minutos, parecía que hubiese visto a un fantasma. ¿Es el abogado?

—Sí, Britt. Ve a la entrada y dime si puedes verlo.

—Muy bien, voy a seguirlo. No creo que me conozca y además llevo gafas oscuras. ¿Cómo ha ido? —preguntó Britt del otro lado de la línea.

—Creo que se ha tragado la carnada con anzuelo y todo. ¡Buen trabajo, Britt!

—¡Gracias Jimmy, lo mismo digo!

Intenté mantenerme impasible y simular que entendía la situación. Era evidente que habían tramado una pequeña conspiración para poner a Cousins y por tanto a Patrizia, Vicky y John Crowford contra las cuerdas, pero ¿daría resultado? ¿Estarían tan deseosos de llegar a un acuerdo?

—La llamada del inspector… ¿era falsa? —pregunté con timidez.

—Bueno, a veces hay que adelantarse a los acontecimientos para obtener resultados. No estamos haciendo nada ilegal, si es lo que te preocupa. Estamos actuando bajo la premisa de que cuando un barco se hunde, las ratas son las primeras en abandonarlo. Y Cousins es una rata. ¡Una vergüenza para la profesión!

—Espero que el plan funcione, en lo personal no creo que Crowford acepte la intimidación, si realmente es un delincuente que tiene a policías en nómina.

—El inspector Dale Norton hará su trabajo, no le conviene que la institución que dirige se desprestigie y de momento no hay peces gordos involucrados. ¡Tranquilo! Todo va como esperábamos.

Sonó el celular de Jeremy. Era Britt para informar que Cousins subía a un coche que acababa de llegar y partía a toda velocidad.

—No volverá —dije y pensé que hubiese sido mejor aceptar la propuesta de romper el contrato y dejar las cosas como estaban. Eso de jugar a estirar de la cuerda no iba conmigo.

—Si no vuelve significa que tampoco hubiese firmado un acuerdo para dejarte tranquilo. Habría roto el contrato, pero buscarían otros medios para hacértelo pagar.

—Por más acuerdo que firmemos no creo que vuelva a sentirme tranquilo en mucho tiempo —dije.

—Mira, Chío. Crowford es, a su manera, un empresario. Para él las drogas, las niñas a las que prostituye y las armas son mercancía. Si dejándote en paz evita que su negocio se arruine, créeme, no te dañará. Ni siquiera te reconocerá cuando pase a tu lado. De ahora en más tiene problemas mucho más graves que resolver.

—No entiendo.

—Es simple. La investigación de la policía lo dejará con el culo al aire. Diría que le costará sobornar a otros oficiales. Eso para comenzar. En segundo lugar, sabemos que ha cedido mucho poder a su mujer Patrizia y ella lo ha puesto en peligro. Deberá solucionar eso. También tendrá que cambiar rutas, casas seguras, *brokers*. Nunca se sabe lo que revelará un policía para evitar la cárcel. Por último, necesitará convencer a sus socios y clientes de que no están en peligro. Si no lo hace está acabado. Aun sorteando todos los obstáculos anteriores, él y sus socios o jefes perderán varios millones de dólares. Tú pasas a ser el último de sus problemas. No sabes nada, te has cruzado en el camino de una de sus tapaderas y nada más. Habría evitado todos los inconvenientes si Patrizia hubiese pensado como empresaria.

Me resultó razonable, pero no sabía si Crowford reaccionaría así. Hasta hacía nada había pensado que aquel viejo era una momia.

El celular volvió a sonar. Jeremy puso el manos libres.

—Soy Henry Cousins, abogado. Mis clientes me han pedido una reunión urgente para tratar este tema.

—Dígales que vengan al hotel y lo discutimos entre todos —dijo Jeremy.

—No creo que acepten, solo le pido que me esperen hasta las ocho de la tarde y volveré con una respuesta.

—Tiene hasta las ocho y media, no quisiera que le pusieran una multa de tránsito por exceso de velocidad, aquí estaremos —respondió Jeremy y cortó la comunicación.

Nos juntamos los tres en el bar del hotel a beber una cerveza mientras esperábamos a Cousins. En los anaqueles frente a la barra vi una botella de tequila y recordé mi promesa. Ahora me parecía una insignificancia regalar algo así con todo el trabajo que se habían tomado Jeremy y Britt.

—Pase lo que pase hoy, quisiera agradecerles lo que están haciendo por mí —dije y sin quererlo me emocioné— no tenía ni idea del tiempo y conocimientos que se necesitarían…

—Chío, estamos aquí para ayudar. Una parte de tus problemas son mi responsabilidad. Además, estoy disfrutando con la habilidad de Jeremy. ¡Es un genio! —dijo Britt.

—Es un placer, Chío. Cuando hago algo intento hacerlo lo mejor posible —agregó Jimmy.

—Y es por eso que quisiera pagarte. Estás siendo como el

ángel de la guarda para mí.
—Ya lo hemos hablado. Dos botellas de un buen tequila. Una para Britt y otra para mí.
—Hablo en serio. Me voy a sentir muy mal si no pago por tu trabajo. Con Ericka hemos logrado el contrato de los Kidd. Es un dinero extra con el que no contaba y a pesar de estar el *garden* cerrado, tengo las cuentas saneadas. El simple hecho de no tener que pagarle a esta gentuza sería para mí un gran alivio —dije convencido.
—Bien, vamos a hacer algo si es que te hace sentir mejor. Hasta el momento hemos logrado que no tengas que pagar nada a Crowford. Al menos eso creo. De allí en más te propongo que de conseguir que ellos te paguen a ti, yo me quedo con el cinco por ciento.
—El diez por ciento —corregí.
—Jaja. Esta va a ser la primera vez en mi carrera que alguien quiere pagarme más de lo que yo pido por mis servicios —dijo Jeremy levantando la copa para brindar.
—En tu caso, Britt; ya me has ayudado mucho en el pasado. Lo que has hecho ahora no tiene precio y quisiera agradecértelo de alguna manera.
—Mira, es fácil. La botella de tequila para mí y una planta bonita para mi mujer —con eso estoy más que satisfecho.
—Y déjame que además pague los gastos que has tenido: hotel, avión…
—No, los gastos de Britt los pago yo. Ya lo habíamos acordado antes de venir —terció Jeremy haciéndose el ofendido.
A las ocho avisaron de recepción que había llegado el abogado Cousins. Jeremy hizo la presentación entre él y Britt. Me divirtió mucho cuando Britt le preguntó si no se conocían de antes. Cousins lo negó, pero su cara era de haber visto al mismísimo Lucifer.
Subimos a la habitación.
—He hablado con mis clientes porque yo puedo aconsejarlos legalmente, pero en un acuerdo económico de este tipo, son ellos los que deben decidir —soltó Cousins cuan-

do todavía no habíamos acabado de sentarnos.

–Ellos opinan que lo mejor sería zanjar este desafortunado malentendido olvidándonos de todo sin compromisos por ninguna de las partes.

Me reí de buena gana.

–Así que ahora es un «desafortunado malentendido» –, dije.

–¡Déjelo hablar, señor Malpigia! –me reprendió Jimmy.

–Rompemos los contratos y firmamos un acuerdo por el que su cliente no adeuda nada y los míos tampoco –agregó haciendo caso omiso a mi comentario.

–Creo que volvemos al inicio y yo personalmente estoy comenzando a perder la paciencia, abogado –dijo Jeremy alzando la voz–. ¿Tengo que recordarle lo de la falsificación documental, extorsión y los demás etcéteras?

–Bien, esa es la opinión de mis clientes a quienes yo les dije que ustedes no aceptarían. Llegados a este punto me han autorizado a ofrecer cinco mil dólares por las molestias ocasionadas, más todo lo anterior.

Ahora el que rio fue Jeremy.

–Mire, abogado. Esto no es un bazar árabe para ir regateando. Mi cliente perdió cuarenta mil dólares por culpa de Patrizia y Vicky sin ninguna razón valedera. Además, fue extorsionado para cumplir un contrato falso o pagar treinta mil dólares e intimidado por policías corruptos que ahora están declarando frente a Asuntos Internos. ¿Y usted quiere regatear?

–Entonces, ¿qué es lo que pretende su cliente? Porque cuarenta mil dólares no estoy autorizado a dar –preguntó Cousins como si yo no estuviese allí.

–¿Chío? Está en tus manos –dijo Jeremy dirigiéndose a mí.

–Ellos me pedían veintisiete mil trescientos cincuenta dólares que es según sus cálculos el valor de la publicidad que no pusieron. Yo perdí cuarenta mil… Creo que lo justo serían treinta y cinco mil dólares –dije y me sorprendí yo mismo de la cantidad.

—Treinta mil. Es lo máximo que estoy autorizado a acordar. Si lo aceptan, se deberán levantar todas las denuncias policiales que se hayan presentado —dijo Cousins con un gesto que hacía ver que el lobo se estaba quitando la piel de cordero.

—Lo siento, letrado. Y me llama mucho la atención escuchar eso de boca de un colega. Usted sabe muy bien que una cosa es la mediación en un conflicto civil o comercial y otra muy distinta es tratar de obstruir una causa penal. Sus clientes no tienen por qué saber de leyes, pero usted y yo sí. Voy a hacer como si no hubiese escuchado esa parte. ¿De acuerdo?

«El coyote no tiene nada que hacer frente al oso», pensé. Llegué a casa casi a las once de la noche. Estaba exhausto y bastante mareado por los tequilas que nos bebimos luego de comer sushi al estilo californiano, para festejar. Miré los fajos de billetes y los documentos que había dejado sobre la mesa. Me quedaban veintisiete mil dólares luego de darle su diez por ciento a Jeremy. Me fui a la cama con una paz que hacía mucho no tenía.

«Hay gente muy mala en todas partes», pensé. «Pero también hay personas maravillosas».

Antes de dormirme recordé las palabras de Britt al despedirse de Cousins:

«Dile a tu jefe que todavía me debe una. Y yo tampoco soy de perdonar las deudas».

XIV

El vivero estaba en mejores condiciones de lo que me había imaginado después de ausentarme más de una semana. Solo tuve que desechar algunas plantas de temporada, quitar hierbas alrededor del estanque y las algas que se habían acumulado por falta de circulación de agua.

Ericka había hecho un gran trabajo. Además, me había dejado una nota en el mostrador con el detalle de unas plantas que se había llevado. Unas vecinas le habían pedido que les acondicionara la terraza.

Lo primero que hice fue encargar un cartel para promocionar los trabajos de jardinería y de diseño de espacios verdes. Era lo menos que podía hacer por ella.

Recuperé mi camioneta, agradecí al vecino que había intervenido durante la golpiza y obsequié a su esposa con una orquídea. También hice los pedidos para el jardín de los Kidd, hablé con la productora de televisión y llamé a Greenpack para informarle a Julio Chávez de cómo se había resuelto el problema con Bargas, Cabrera y compañía. Se mostró encantado de poder seguir colaborando con mis micros en los nuevos programas.

Todo iba muy deprisa y sobre ruedas. Me sentía con mucha energía, como si me acabasen de liberar de una prisión.

Compré dos botellas del mejor tequila que pude conseguir para Britt y Jeremy. Se marchaban ese viernes.

Cuando reabrí el negocio no solo tuve una gran afluencia de clientes, sino que recibí muestras de solidaridad de los vecinos que se habían enterado de lo ocurrido.

El jueves me citaron en el Departamento de Policía. Allí estaban Britt y Jeremy además del Director de Asuntos Internos y el Jefe de Policía. Me informaron de las actuaciones que habían llevado a cabo. Los oficiales que habían allanado mi negocio habían sido separados de sus cargos. Se había comprobado su participación en varias operaciones a favor de Crowford y no habían podido aclarar la procedencia de ingresos extras a su nómina policial. Finalmente habían aceptado colaborar con la DEA y el FBI como testigos protegidos en la investigación contra el tráfico ilegal de armas y la distribución de estupefacientes. Britt volvía a estar a cargo de las operaciones y no descartó que pudiese pasar algunas temporadas en Los Ángeles. De hecho, me dio las llaves de su antigua casa para que le acondicionara el jardín. En cuanto a la golpiza, no había sido ordenada por Crowford o Patrizia Bargas, aunque los dos policías aceptaron que trabajaban para ellos. Uno de los oficiales era hermano de un policía que Britt había hecho arrestar durante su investigación, dos años atrás. El hombre se había suicidado o lo «habían suicidado» antes de que pudiese declarar. Había dejado esposa y dos hijos pequeños. Su hermano había jurado vengarlo y al enterarse de que yo tenía relación con Britt Stanley había visto la oportunidad de hacerlo. Me dio un poco de pena que dos hermanos arruinasen su vida y la de sus familias por ganar dinero fácil. «Cada uno elige su camino», pensé para consolarme.

Una vez que Britt y Jeremy partieron volví a comprar dos botellas más de tequila. El dueño de la licorería debió pensar que soy un borracho perdido. Se las llevé a mi compadre Cisco y al chamán que me había ayudado.

«Nunca dejes de agradecer a la gente buena que se cruza en tu camino», recordé que decía mi abuelo.

Al fin todo tomó su cauce normal, aunque acelerado. Parecía que todo aquel tiempo hubiese tenido que arrastrar un gran peso y ahora, los acontecimientos se precipitaban. El fin de semana invité a Ericka y a Darrell a comer *French Dip*. A mí me había encantado y supuse que a ellos también les gustaría. Pensé que como casi todos las semanas Darrell bajaría para pasar un par de días con su novia. Ericka me contestó que no iba a ser posible.

–¿No ha podido venir Darrell? –pregunté. En ese caso la hubiese invitado a ella. Tenía mucho que agradecerle.

–Sí, está aquí, pero no podremos ir. ¡Gracias por la invitación!

La voz sonó triste y apagada.

–¿Hay algún problema? –pregunté ansioso. Estaba harto ya de preocuparme.

–No, el lunes cuando vaya al *garden* hablamos –dijo y se me quedó un nudo en la garganta.

El domingo a la tarde me dediqué a organizar la semana. Tal y como había predicho mientras hacíamos el presupuesto de los Kidd, había imponderables que incrementaban los costos. No todas las plantas y materiales que provenían del mismo proveedor iban a colocarse en la misma etapa de construcción del jardín. Por tanto, debía establecer qué camiones irían directos al cliente y cuáles se habían de descargar en el *garden* y volverse a cargar cuando fuese necesario. También había elegido algunos ejemplares para ofrecer a mis clientes y esos había que transportarlos por separado.

El martes tenía que hacer mi primera intervención en *Periodical News*. Me habían pedido que fuese unos minutos antes para hablar con el presentador George Mutti. Al ser en directo no había manera de repetir si salía mal. El jueves grababa en el vivero el micro para *Open Doors* por la mañana y debía ir al estudio de Ernesto y José Luis por la tarde para estar entre los integrantes del equipo. Corría el riesgo de cruzarme con Patrizia y Vicky. Aunque no les debía nada, su reacción me dio un poco de miedo.

«Menudo jaleo tienes por delante, Chío», pensé y luego me convencí de que era mejor eso y no por lo que había pasado en los últimos meses.

Cuando llegué el lunes al negocio había una enorme grúa frente a la entrada y un camión repleto de columnas más adelante. Aquello no era material para los Kidd. Algunos operarios estaban señalizando la calzada para reducir su amplitud. Me informaron que estarían trabajando algún tiempo en la zona para reformar el alumbrado y me pidieron disculpas por haber obstaculizado mi entrada. Si aquello se repetía la visibilidad del *garden* desde el boulevard se reduciría a cero. Además, esperaba varios camiones para descargar en esa semana. «¿Justo ahora? », me pregunté. «Eres Kawoq, atraes los problemas», me contesté.

Al fin quitaron la grúa y el camión, pero dejaron solo un sentido de circulación. Los autos pasaban por tandas hacia un lado y hacia el otro originando atascos. Primero pensé que sería perjudicial, pero luego de ver cómo varios conductores señalaban el vivero a sus esposas mientras esperaban, me convencí de que tal vez me estaban beneficiando.

A los pocos minutos llegó Ericka. Casi no la reconocí. Llevaba el pelo recogido, iba sin maquillaje, vestía jeans desgastados y blusa a cuadros estilo tejano.

–¡Buenos días! ¿Te vas de rodeo? –bromeé en cuanto entró.

–Es mi ropa de trabajo. No pensarás que voy a hacer jardines calzando tacones –contestó seria.

–Era solo una broma, no pretendí ofenderte.

–Bueno, menos mal que no has visto el sombrero que llevo en el carro.

–Yo tengo uno mexicano de esos de mariachi que te puede venir bien para el sol –continué la jarana viendo que no había peligro de ofensa.

–¿Qué piensas que llevo en el coche?

Los dos reímos. Esa era la Ericka que yo conocía y, por qué

no decirlo, tanto me atraía.

–Ya tengo a la gente preparando el terreno y debo decir que todos los que me recomendaste del barrio parecen muy dispuestos –dijo evitando mirarme.

–¿Hay algún problema? Ayer me quedé preocupado –insistí. Sabía que algo no iba bien.

–No es importante, bueno sí lo es, pero no tiene que ver con el trabajo.

–Dime que ha pasado, ¡por favor!

–Lo he dejado con Darrell, en realidad ha sido de común acuerdo.

–¡Pa' su mecha![45] –exclamé sin pensar–. Darrell parece una persona excelente y lamento hablar como mi abuela, pero hacían una muy buena pareja.

–Jaja, Chío. Me haces reír, aunque no quiera.

Llegó el primer camión. Hubiese querido preguntarle a Ericka la razón de su ruptura con Darrell, pero ambos debíamos volver a la actividad. Por una parte, me daba pena que la relación hubiese acabado y por la otra mi corazón sonreía confiado.

–Te hice un esquema de la forma en que llegará el material a casa de los Kidd. Hoy están previstas las bases de madera, las vigas, el *mulch*[46] y el sistema de riego. Lo que no pertenece a una etapa del jardín, vendrá aquí y deberemos volver a cargarlo cuando lo necesites. Será un costo extra, pero está contemplado en el presupuesto –dije mostrando las planillas que había confeccionado el día anterior.

–¡Perfecto! Con todo el caos que has tenido en los últimos días y aun así estás en los mínimos detalles. ¡Muchas gracias!

El halago me supo a gloria.

Mientras indicaba a los operarios dónde quería las plantas

---

[45] Pa' su mecha. México: expresión coloquial que denota sorpresa o enojo.

[46] Mulch. Sustrato, humus o mantillo utilizado para abonar y airear la tierra de los jardines.

que habían traído, vi entrar un patrullero.

«Otra vez no», pensé.

Eran dos oficiales chicanos[47] que había enviado el Inspector General. Tenían la misión de vigilar el *garden* por cualquier eventualidad mientras hacían su ronda por la zona. Me sorprendió tanta deferencia.

Mi primera participación en *Periodical News* me dejó muy buen sabor de boca. Y no porque comenzase bien. Cuando llegué al estudio George Mutti estaba haciendo unas piruetas y contorsiones muy extrañas en la sala de maquillaje. Luego me enteré de que eran ejercicios para relajarse. En cuanto me vio dijo señalándome con el dedo: «En mi programa nadie sale con gafas oscuras.» Me las quité y cuando vio mi ojo rojo se dio un golpe en la cabeza.

—Ahora recuerdo que me informaron. Una paliza, ¿no?

—Sí, y el derrame en el globo ocular demorará un par de meses en reabsorberse —contesté.

—Tú eres…

—Chío Malpigia.

—¡Ah, sí! El jardinero —dijo mientras seguía haciendo una especie de pasos de ballet con gesticulaciones al estilo Jim Carrey y unas posturas que parecían sacadas del desfile de un circo.

—*Sono il grande, ¡grandíssimo!* George Mutti — exclamó haciendo una reverencia ante un espejo.

—Bien, hace una semana que estamos anunciando tu columna de jardinería —dijo cambiando el tono y la postura— Sé que tienes alguna experiencia en televisión grabando micros. Esto es totalmente distinto. No puedes cortar. Todo lo que digas o hagas lo escucha y ve la gente en sus casas. Por tanto, sé natural. Si te equivocas rectificas y continúas como si estuvieses hablando con unos buenos amigos. ¡Despreocúpate de las cámaras! Son ellas las que

---

[47] Chicano. Persona de origen mexicano que habita en Estados Unidos.

deben seguirte. No hagas movimientos bruscos y anticipa si vas a cambiar de postura. En los primeros programas estaré yo contigo, luego veremos. Aquí no hay ensayos y todos deben permanecer en el plató durante todo el programa. Hoy irás en el tercer bloque. Observa cómo lo hacen los demás, tienen mucha experiencia. ¿Has entendido?

—Creo que sí —contesté sintiéndome insignificante.

—Bien, veamos qué podemos hacer con ese ojo. De verdad no puedes salir con gafas de sol salvo que seas ciego. Por cierto, evita ropa de colores muy vivos porque saturan la imagen. Elige tonos pasteles.

Aquel hombre era una máquina de hablar.

—¿Tienes problemas con las bromas?

—No, supongo que depende de la broma.

—Yo suelo hacerlas en cámara para lograr un programa más ameno. Todos lo saben y no se ofenden porque entienden que es parte del show. Es lo que podemos hacer con tu ojo. Es improbable que con cinco cámaras no salga en alguna toma, pero si lo anunciamos antes con algo gracioso, no será chocante y hasta puede que a la gente le interese. Sígueme —dijo y comenzó a caminar por los pasillos del canal hasta el plató. En el interior un enjambre de personas iba y venía poniendo a punto la escenografía, verificando la iluminación y probando sonido.

—¡Un minuto de atención, por favor! Quiero luces y los camarógrafos en sus puestos —gritó colocándose en medio del estudio—. Este señor es Chío Malpìgia y hará la columna de jardinería. Su novia le pegó y tiene un ojo rojo —todos se rieron—. Necesito que se eviten los planos cortos del perfil izquierdo mientras hace el micro. Irá en el bloque tres y comenzará con gafas oscuras. Como no podemos evitarlo, haremos una broma durante la presentación.

Se encendieron las luces y me vi de pronto observado por cinco cámaras. Comencé a pensar que no sería capaz de articular dos palabras coherentes seguidas en esas condiciones.

–¡Gracias chicos! –gritó Mutti y se apagó la iluminación. Los camarógrafos volvieron a mordisquear un sándwich o a beber agua mientras esperaban el inicio del programa.

–Ve a maquillaje que estaremos en el aire en quince minutos –dijo indicándome el camino.

Ni siquiera me había preguntado sobre qué tema iba a hablar. Comencé a inquietarme, aquel mundo era nuevo para mí. «También fue nuevo cuando comenzaste con los micros», pensé.

¡Me fascinó! Todo pasó tan rápido que casi ni me di cuenta. George Mutti hizo la broma de mi ojo y de mi supuesta novia. Hablamos un poco sobre plantas y me comprometió para desarrollar un tema en el siguiente programa.

–Has estado muy bien: natural, tranquilo y simpático. ¡Felicidades! Nos vemos el jueves en *Open Doors* y ya puedes llevar algo para hablar –me dijo cuando las cámaras se apagaron.

Yo sabía que el jueves Patrizia y Vicky grababan justo a continuación del programa de Mutti. Evitarlas iba a ser muy difícil. Y tuve razón. Se metieron en el plató, las dos con los brazos cruzados y cuchicheando entre ellas mientras yo desarrollaba mi tema. El director tuvo que parar la grabación y pedirles que se fueran.

Al salir ni siquiera fui a quitarme el maquillaje. Sabía que ellas estarían allí y quise evitar un posible enfrentamiento. José Luis me detuvo cuando me marchaba para felicitarme por el nuevo programa.

–Te lo dije, ¡chico! Tus micros son muy buenos –me dijo palmeándome la espalda.

–Hablamos otro día José Luis, no quiero cruzarme con Patrizia y Vicky –contesté molesto.

–¿Las viejas comemierda? ¡No te preocupes Chío, les quedan dos telediarios! El canal les levanta el programa a final de mes. Tienen propuestas más interesantes que escucharlas a ellas. Y nosotros estaremos mucho más tranquilos.

Respiré aliviado.

Cuando llegué al *garden* me esperaba otro camión para descargar. Ericka me envió unas fotos de la evolución del jardín de los Kidd con un mensaje en el cual ponía que la pareja estaba encantada de cómo iba quedando.

Estaba tan contento que comencé a dar saltitos de alegría, luego me acordé del espectáculo de Mutti y paré.

Todo se desarrollaba como debía ser.

El sábado por la mañana me levanté inquieto. Había soñado con serpientes que se movían en la oscuridad. Yo sabía que estaban allí porque oía el ruido que sus vientres escamosos hacían sobre el suelo. Entonces apareció mi abuela con una escoba para espantarlas. Por detrás de ella escuché la voz del hueyitata que me decía lo mismo que la vez anterior: «Aléjate de las brujas. Ya sabes que pueden convertirse en pájaros nocturnos que te chupan la sangre y en alimañas que te envenenan el entendimiento. ¡Eres Kawoq, no lo olvides! Estás expuesto a las traiciones... ¡Ten cuidado hijo! »

Mientras desayunaba pensé en qué nueva traición podía esperar. Mi vida estaba mucho mejor de lo que podría haber soñado nunca. Las personas que tenía a mi alrededor eran dignas de toda mi confianza. Me fui al vivero sin acabar de entender el significado de la advertencia.

Por eso, cuando escuché el frenazo en el boulevard, supe que no se debía a las obras y cuando vi al Nissan Altima ingresar al parking quedé convencido de que el sueño significaba algo.

No me sorprendió el numerito de Patrizia Bargas. La serpiente había acumulado veneno como para matar a un buey y yo era el destinatario. Ella solo estaba esperando una provocación, una señal para soltarlo.

–¿Qué te has creído? ¡A mí no me la juega nadie! ¿Has oído *wetback* de mierda? ¡No sabes con quién te has metido! Voy a hacer investigar tus papeles y te juro que volverás al agujero mexicano de donde nunca deberías haber salido...

Ante cada expresión Patrizia se apoyaba en el mostrador y se afirmaba en sus tacones como un animal que fuese a atacar. Los clientes que esperaban a que les cobrase mantuvieron una distancia prudencial ante la virulencia de los epítetos. Yo sabía que lo único prudente era aguantar y crispé los puños para contenerme y no contestar. Al ver que no reaccionaba, la bruja comenzó a agarrar todo lo que tenía a mano y a lanzármelo: catálogos, listas de precios, un par de macetas de cerámica. Por suerte para mí, la ira no le dejaba apuntar bien. Un hombre que esperaba intentó calmarla.

–Señora, ¡por favor! Esas no son maneras –dijo acercándose, pero solo recibió un gesto de *fuck you* y una mirada de odio.

Cuando ya hubo descargado todo su veneno, Patrizia pegó media vuelta y se fue bamboleando sus caderas, gesticulando e insultando como una posesa hasta el coche.

Yo balbuceé una disculpa a los clientes, intenté recoger algunas de las cosas que había lanzado, pero me temblaban las manos y las piernas. Quise hablar y me castañetearon los dientes. Todavía se escuchó un último insulto antes de que se cerrara la portezuela del Altima azul petróleo:

–*¡Hustler!*[48]

Casi en el mismo instante se escuchó un grito que provenía de uno de los invernaderos. Era un alarido de pánico.

–¿Qué es lo que pasa, hoy? –pregunté sin entender. De inmediato, salí corriendo hacia el lugar de donde provenía el grito.

Una cliente, que yo ni siquiera había visto entrar, estaba delante de la mesa de los helechos con los brazos levantados y agitando las manos. Chillaba como una histérica. Me acerqué y vi que sobre el borde de la mesa caminaba amenazante un alacrán de unas seis pulgadas de largo.

---

[48] Hustler. Inglés: estafador, persona que gana el dinero de manera deshonesta, incluida la prostitución.

Iba de un lado a otro con la cola erguida, dispuesto a picar. Hice señas a la mujer para que no se moviera y observé al pobre bicho con atención. He convivido con alacranes desde pequeño. La mayoría no son venenosos y no atacan si no se ven en peligro. Éste era peligroso. Por la forma se trataba de una hembra: cuerpo robusto, patas cortas y cola con dos aguijones en la punta. Me aproximé despacio y se volvió hacia mí. Estaba furiosa. Con seguridad la cliente había movido una planta en la que ella tenía su guarida. Hice señas a la mujer para que se alejara con suavidad y me coloqué de costado. Extendí el brazo derecho con la palma abierta mientras mantenía el izquierdo entreteniendo a la alacrana. Con un golpe certero desde atrás la tiré al suelo y con el taco de la bota la aplasté. Me dio mucha pena, pero no tenía otra opción. Desde la puerta del invernadero se escucharon unos aplausos. Todos los compradores estaban allí esperando el desenlace. Extraje un pañuelo de papel del bolsillo y levanté el cuerpo exánime. La mujer que había estado a punto de ser atacada salió corriendo hacia la salida.

«¡Qué mañanita!», pensé.

El hombre que había intentado calmar a Patrizia unos minutos antes me palmeó la espalda cuando pasé a su lado.

–*Awesome, come on!* –me dijo en voz baja.

Dirigí una pequeña plegaria mental a Xólotl, el dios perro, representante de la muerte, para que bendijera a la alacrana que acababa de matar, tal y como me había enseñado mi abuela.

Nos dirigimos todos hacia el mostrador y yo pensé que aquella mujer que descubrió el alacrán huiría despavorida.

–Voy a llevarme uno de esos helechos igualmente –dijo ya recompuesta–. Eso sí, elíjalo usted y verifique que no lleva huéspedes indeseados. Todos los demás rieron.

«Al menos no ha sido tan malo», pensé aliviado y, cuando me dirigía a buscar el helecho, alguien señaló hacia el boulevard. Me di la vuelta y vi correr gente en dirección al centro comercial. «Con seguridad algún accidente», pensé. «Con las obras siempre hay alguien que pierde la paciencia y quiere ir más rápido de lo posible». Yo ya había pasado lo mío. No estaba dispuesto a estresarme por lo que sucediera fuera.

En los próximos minutos oímos sirenas de ambulancias, policía y hasta pasó frente a nosotros un camión de bomberos. Se escuchaban los silbatos de los agentes ordenando el tráfico. Los clientes se veían algo ansiosos, pero aun así esperaron su turno.

Uno por uno fui cobrando, pidiendo disculpas, explicando brevemente los hechos y agradeciendo la paciencia y buena voluntad que habían tenido. Las tres mujeres con sus maridos que habían sido interceptados por Patrizia al entrar se mostraron particularmente simpáticos y elogiaron la decoración. Hicieron una muy buena compra.

Ya era casi hora de cerrar y no quedaba nadie dentro del *garden*. El hombre que me había dado ánimos había desaparecido. Un *spathifyllum* [49]gigante había quedado abandonado a un costado de la oficina.

«Se habrá cansado de esperar», pensé. «Es comprensible».

Miré a mi alrededor. Detrás del mostrador parecía haber pasado un tornado. Tendría que juntar y ordenar todos los papeles que habían quedado desparramados. Las macetas de cerámica se habían roto en mil pedazos, pero no me importó. Las ventas habían sido buenas. Fui hasta donde estaba el spatifilium para llevarlo otra vez a su sitio y en ese momento apareció el hombre casi al trote desde el boulevard. Me hizo señas de que lo dejara allí, que lo había elegido él.

—Fui a ver qué sucedió allí fuera. —dijo y colocó la planta sobre el mostrador.

---

[49] *Spathifyllum:* Planta herbácea, perenne, con flores originaria de regiones tropicales. Se utiliza como planta de interior. Es muy resistente.

–¿Y qué pasó? –pregunté más por cortesía que por otra cosa.

–Un coche intentó pasar cuando el tránsito estaba cortado para que trabajara la grúa… Y la columna de alumbrado que estaba bajando, le cayó encima.

–¡Uff! –exclamé–. Por no esperar cinco minutos, la gente arriesga su vida.

–Era un Altima azul petróleo.

Se me subieron los colores a la cara. Giré la cabeza hacia donde estaba la alacrana todavía envuelta en el pañuelo de papel.

–No sé si ha sido casualidad, pero si tienes poderes, deberías ser cuidadoso con ellos, muchacho. –Me dijo mirándome a los ojos–. La mujer que iba en el coche murió aplastada como ese bicho.

206

ACERCA DEL AUTOR

Ricardo Lampugnani nació en Rosario, Argentina un 12 de febrero de 1957.

A la edad de tres años aprendió a leer y escribir. Utilizaba los potes rotulados de su madre para copiar las letras y preguntaba sin cesar sobre la forma de unirlas. A los cuatro ya leía de corrido los carteles que veía en la calle y los titulares de las revistas. Viendo su afición por la lectura sus parientes comenzaron a regalarle libros que él devoraba con fruición. En poco tiempo había acabado con las novelas de James Fenimor Cooper, Julio Verne y Mark Twain, sin olvidar el «Lassie y Joe» de Suzanne Pairault. Como no siempre los libros que recibía eran acordes a su edad y Ricardo leía todo lo que caía en sus manos, con siete años ya había leído «Belleza Negra» de Anna Sewell y con diez «El Hijo de Lagardere» de Paul Feval (hijo). También pasaron por su biblioteca Emilio Salgari, Horacio Quiroga y Guillermo Enrique Hudson.

Los estudios de idioma inglés que comenzara a los once años le permitieron acercarse a autores como Arthur Conan Doyle, Agatha Cristie, Herman Hesse, Walter Scott, Jacqueline Susann y otros, en su idioma original. Al mismo tiempo se internaba en la literatura latinoamericana de la mano de Juan Carlos Onetti, Victor Chamorro, Roberto Arlt, Jorge Luis Borges, Julio Cortázar, Miguel Asturias, Eduardo Mallea y Gabriel García Márquez por nombrar a los que más influyeron en su forma de escribir.

Ha trabajado en áreas tan disímiles como: Ingeniería Industrial, Agente de Publicidad, Visitador Médico, Paisajista, Instructor de Bonsái, Columnista de radio y televisión, redactor de contenidos y copywriter. Todo, sin dejar de escribir cuentos y novelas.

En 2013 cofunda la editorial Àrbora Books, cuyo objetivo primario es la difusión del patrimonio histórico-cultural de Les Terres de L'Ebre (España) entre los más pequeños.

Colaboraciones en medios gráficos y audiovisuales:

- Revista «Más Verde» (Argentina).
- Revista «Programa Andrés» (Argentina).
- Revista «Bonsái Pasión» (España).
- Revista «France Bonsai» (Francia).
- Revista «El Jardín» de Carles Herrera (España).
- Radio LT3 (Rosario – Argentina).
- Radio LT8 (Rosario – Argentina).
- Radio FM Tango (Rosario – Argentina).
- Radio Nacional de España (RNE – Tarragona).
- Catalunya Radio (España).
- Televisión Cablehogar (Argentina) Programa «Perfume de Mujer».
- Televisión Galavisión (Argentina) Programa: «Puertas Abiertas» y «TV Salud».
- Televisión Canal 5 Rosario (Argentina) Programa: «El Diario TV».
- Televisión Española Programa «En Directo».
- Televisión TV3 - España (varios programas).
- Televisión Canal Terres de L'Ebre – España.

Reconocimientos:

- Ganador concurso cultura general organizado por Aerolíneas Argentinas y Canal 3 Rosario – Argentina.
- Ganador 1º Premio Concurso «Katsusaburo Miyamoto». Rosario - Argentina.
- Finalista Premio Manuel Musto de novela con la

obra Shru Shun Tai.
- Ganador del premio Broadcasting como participante en «El diario TV» (rubro periodismo).
- Finalista V Certamen Hontanar de novela corta con «Renascencia».

Obras publicadas de no ficción:
- Serissa Bonsái. El arte de modelar la naturaleza (Mistral Bonsái 2006).
- Atlas ilustrado. «El arte del bonsái» (Susaeta 2007).

Obras publicadas de ficción y autoconocimiento:
- «Tiempo de Recreo» (participación en libro cooperativo). Publicado en 2007 por El Recreo.com
- «Yo, Úrsula» (novela) 1°edición Impresa por Create Space 2011. Disponible en ebook (2° edición 2015 - Amazon - El Corte Inglés - Casa del Libro).
- «Teucro. El héroe de Creta» (novela) 1° edición 2012 (CreateSpace). Disponible en ebook (2° edición 2015 - Amazon - El Corte Inglés - Casa del Libro).
- «Renascencia» (novela) publicada en 2016. Disponible en ebook y papel (Amazon).
- "The Happiness. User's manual for humans" (autoconocimiento, idioma inglés) publicado en 2017. Disponible en ebook y papel (Amazon)
- «La Felicidad. Manual de usuario para humanos» publicado en 2020. Disponible en ebook (Amazon).